「ひゃっほ〜ですぅ〜☆
アレンさぁ〜ん！」

はいからメイドさん
リリー

リンスター公爵家メイド隊第3席。
普段はちゃら……
な才覚を持つ……
と呼ばれる身分……

JN054355

公女殿下の
Tutor of the His Imperial Highness Princess
家庭教師 **9**

――……私は、そっと
白シャツを羽織ってみた。
思っていたよりも……ずっと大きい。
アレン様が異性なことを再認識し、
頬が更に火照る。
ハワード公爵家長女
ステラ
ティナの姉にして王立学校の生徒会長。アレンの指導の下、自分に自信を取り戻した、次期ハワード公爵。

「……えへへ」

「早い物勝ち――
そ、それは、私のお魚っ！」
リンスター公爵家次女
リィネ
リディヤの妹。炎属性極致魔法『火焔鳥』を拙いながらも操る。王立学校を次席で入学した才女。

ハワード公爵家次女
ティナ
四大公爵家であるハワード家に生まれながら魔法を全く使えなかった少女。アレンの指導の下、才能を爆発的に開花させ、王立学校に首席で入学した。
「――あ！　そ、それは私が狙っていたお肉！」
「あぅあぅ。け、喧嘩は、だ、駄目ですよぉぉ」
ティナの専属メイド
エリー
ハワード家に仕えるウォーカー家の跡取り娘で、ティナと共にアレンの指導でその才能を開花させたメイドさん。

「「「「いざっ！！！！」」」」

『翠風』
レティシア
魔王戦争における最強部隊『流星旅団』元副長。魔王に槍をつけた歴戦の勇士で、王国西方では神格化されている。

アレンの愛弟子

テト

アレンが所属していた教授の研究室の後輩。アレンを敬愛し、慕っている。本人は自覚していないが、かなりの実力者。

「アレン先輩、この件、研究室唯一の『一般人』である私には荷が重たいですっ！」

CONTENTS

Tutor of the
His Imperial Highness princess

公女殿下の家庭教師9

英雄の休息日

七野りく

ファンタジア文庫

3103

口絵・本文イラスト　cura

公女殿下の家庭教師9

英雄の休息日

Tutor of the His Imperial Highness princess

The hero's rest day

CHARACTER
登場人物紹介

『公女殿下の家庭教師』
『剣姫の頭脳』

アレン

博覧強記なティナたちの家庭教師。少しずつ、その名声が国内外に広まりつつある。

『アレンの義妹』
『王立学校副生徒会長』

カレン

しっかり者だが、兄の前では甘えたな狼族の少女。ステラ、フェリシアとは親友同士。

『雷狐』

アトラ

八大精霊の一柱。四英海の遺跡でアレンと出会った。普段は幼女か幼狐の姿。

『勇者』

アリス・アルヴァーン

絶対的な力で世界を守護する、優しい少女。

『アレン商会番頭』

フェリシア・フォス

人見知りで病弱ではあるものの、誰よりも心が強い才女。南都の兵站を担う。

『王国最凶にして
最悪の魔法士』

教授

アレン、リディヤ、テトの恩師。飄々とした態度で人を煙に巻く。使い魔は黒猫姿のアンコさん。

『アレンの愛弟子』

テト・ティヘリナ

教授の研究室に所属する大学校生。アレンを敬愛し、慕っている。王国西方辺境出身。

【双天】

リナリア・エーテルハート

約五百年前の大戦乱時代に生きた大英雄にして魔女の末裔。アレンへ、アトラを託す。

CHARACTER
登場人物紹介

王国四大公爵家（北方）ハワード家

『ハワード公爵』
『軍神』

ワルター・ハワード

今は亡き妻と娘達を心から愛している偉丈夫。ロストレイの地で帝国軍を一蹴した。

『ハワード家長女』
『王立学校生徒会長』

ステラ・ハワード

ティナの姉で、次期ハワード公爵。真面目な頑張り屋だが、アレンには甘えたがり。

『ハワード家次女』
『小氷姫』

ティナ・ハワード

『忌み子』と呼ばれ魔法が使えなかった少女。アレンの指導により王立学校首席入学を果たす。

『ティナの専属メイド』
『小風姫』

エリー・ウォーカー

ハワードに仕えるウォーカー家の孫娘。喧嘩しがちなティナ、リィネの仲裁役。

王国四大公爵家（南方）リンスター家

『リンスター公爵夫人』
『血塗れ姫』

リサ・リンスター

リディヤ、リィネの母親。娘達に深い愛情を注いでいる。王国最強の一角。

『リンスター家長女』
『剣姫』

リディヤ・リンスター

アレンの相方。奔放な性格で、剣技も魔法も超一流だが、彼がいないと脆い一面も。

『リンスター家次女』
『小炎姫』

リィネ・リンスター

リディヤの妹。王立学校次席でティナとはライバル。動乱を経て、更なる成長を期す。

『リンスター公爵家
メイド隊第三席』

リリー・リンスター

はいからメイドさん。リンスター副公爵家の御嬢様で、アレンとは相性が良い。

CHARACTER
登場人物紹介

アンナ …… リンスター公爵家メイド長。魔王戦争従軍者。

ロミー …… リンスター公爵家副メイド長。南方島嶼諸国出身。

シーダ …… リンスター公爵家メイド見習い。月神教信徒。

ミナ・ウォーカー …… ハワード公爵家副メイド長。

サリー・ウォーカー …… ハワード公爵家メイド隊第四席。執事のロランは兄。

シェリル・ウェインライト …… 王女殿下。アレン、リディヤの王立学校同期生。

レティシア・ルブフェーラ …… 『翠風』の異名を持つ伝説の英雄。王国最強の一角。

リチャード・リンスター …… リンスター公爵家長男。近衛騎士団副長。

ギル・オルグレン …… オルグレン公爵家四男。アレン、リディヤの後輩。

カーライル・カーニエン …… 侯国連合南部の有力侯。王国との講和を妨害している。

ロア・ロンドイロ …… 侯国連合南部の次期侯爵。カーライルとは因縁あり。

聖女？ …… 聖霊教を影から操る存在。その正体は……。

イーディス …… 聖霊教の使徒となった少女。王国北方ロストレイでステラ、アリスと交戦した。

ローザ・ハワード …… ステラ、ティナの母親。故人。旧姓『エーテルハート』。

プロローグ

「……遅い。遅過ぎます。人を呼び出しておいて、遅刻するのは教授の悪い癖です！」

「テト御嬢様《おじょうさま》、御気持ちは重々。ですが——人の目もございます」

王国大魔法士の一人、教授の大学校内研究室に所属する私、テト・ティヘリナはハワード公爵家副メイド長のミナ・ウォーカーさんに、小声で注意されました。

公爵家のメイドさん達は王都進出後、私達研究生の護衛を務めてくれています。

少し離れた後方をちらり。そこには、十数名の紅《あか》と蒼《あお》の軍装姿の騎士様達。

王国四大公爵家、ハワード、リンスター両公爵家幕下、最精鋭部隊『蒼備え《あおぞな》』『紅備え《あかぞな》』の方々です。設置された簡易魔力灯《まりょくとう》の下、私達を興味深そうに眺めています。

「……はい、ミナさん」

小柄で、外跳ねしている亜麻色髪が印象的なメイドさんに頭を下げ、黒い魔女帽子を深く被《かぶ》りなおし、ローブの袖と木製の魔杖《まじょう》をぎゅっと握り締めます。

──今、私達がいるのは王都東方の小高い丘。

周囲には人家もなく、寂しい風景が広がっています。

夜空には紅《あか》い三日月。二百年ぶりだという彗星《すいせい》と降り注ぐ流星群。

眼下には王立学校中央に聳《そび》え立つ大樹と、王都の夜景。

灯《ひ》の数は数日前より明らかに増え、日常が戻りつつあるのを実感します。

──ハワード、リンスター、そして西方のルブフェーラの三公爵家が王国東方を統《す》べるオルグレン公爵家を首魁《しゅかい》とした叛乱《はんらん》軍から、王都を奪還して早二日。

私達、研究生は『すぐに東都へっ！』と、強く主張しましたが……黒猫姿の教授の使い魔、アンコさんはそれをあっさりと却下し、王都各所結界の再構築を命令。

半妖精族の戦略転移魔法による東都強襲は成功。

叛乱は鎮圧されたようなんですが、詳細は未《いま》だ不明です。

……尊敬するアレン先輩とリディヤ先輩の安否も。

同居人に編み込んでもらった髪を指で弄《いじ》りながら、ミナさんへ零《こぼ》します。

「それにしても……何故《なぜ》、こんな場所を封鎖して？　教授の指示ですよね？」

「申し訳ありませんが、分かりかねます。……妙な話ではございますが」

ハワード公爵家副メイド長の戦時権限は絶大。そのミナさんが理由を知らない。

教授が私だけを呼び出したのは、他の研究生達に聞かせられない話だから。

つまり——叛乱に巻き込まれた先輩絡《がら》み。私は魔杖を強く強く握り締めます。

これを贈ってくれた人の名前はアレン。

私の大学校の先輩で、『剣姫《けんき》』リディヤ・リンスター公女殿下の相方。

『剣姫の頭脳』の異名を持つ大陸西方でも指折りの魔法士。

頑固で、ちょっと意地悪で……誰よりも優しい、私達が敬愛して止《や》まない先輩です。

研究生のみんなで決めた、秘密の約束を思い出します。

『何《いず》れ必ず——アレン先輩へ貰《もら》いっ放しの恩を御返しする』

なのに、私はこんな場所でっ！　憤《いきどお》っていると——左肩に温かさ。

「！　アンコさん？」

気配なく飛び乗ってこられたのは黒猫姿の使い魔様でした。

アンコさんが戻られた、ということは……後方の騎士様達からざわめき。

「テト御嬢様、お越しになったようでございます」

小柄な副メイド長さんの言葉を受け、振り返ります。

騎士様達の封鎖線を越え、此方《こちら》へ歩いてくる眼鏡をかけた学者風の男性——教授が右手を振ってきました。紳士用の帽子に外套《がいとう》。旅人風です。

教授は私の傍《そば》へやって来られると、普段通りの気軽な口調で話しかけてきました。

「遅れてすまない、テト嬢。面倒な会議が長引いた。ワルターもリアムもレオも、僕に対する労《ねぎら》いの精神を欠いている！　強行軍で皇都から王都へ移動させておいて、これだよ？　王女殿下にも責められるし、踏んだり蹴ったりさ。ミナ嬢、生徒達の護衛に感謝を」

「いえ。可愛《かわい》らしい御嬢様とお坊ちゃまの御世話《おせわ》を出来て、皆喜んでおります」

副メイド長の言葉に、多少気恥ずかしさを覚えながらも考えます。

『ワルター』『リアム』『レオ』――ハワード、リンスター、ルブフェーラの三公爵。

『皇都』というのは、北方ユースティン帝国の都。

『王女殿下』は、シェリル・ウェインライト王女殿下のことでしょう。

「あの……教授、よろしいですか？」

「うん？　何かね、テト嬢。――……もしや！　僕を労《いたわ》ってくれるのかい⁉」

「いえ、そんなつもりは微塵《みじん》もありませんが」

「ぐぅっ！　テ、テト嬢？　ぼ、僕はユースティン帝国との講和案を纏《まと》め、ハワードの執事長であるグラハムへ引き継いできたのだよ？　かなり仕事をしていてだね……」

「足りません。もっと、馬車馬の如《ごと》く働いてください」

「………我が教え子の厳しいことよ。そういう面まで、アレンやリディヤ嬢を見習う必要はないと思うんだがね。ああ、そうだ。君にはまず伝えておかねば」

教授が背筋を伸ばされました。私とミナさんも緊張します。

「東都と連絡が取れた——アレンとリディヤ嬢は無事だ」

「！！！！」

安堵《あんど》が胸に満ち、身体《からだ》の力が抜け、倒れそうになります。

「テト御嬢様」

ミナさんが優しく支えてくれました。視界が涙で滲《にじ》み、曇ります。

——……良かった。本当に、本当に、良かったたっ！

教授は帽子を直されながら、続けられます。

「……王都・東都間の鉄道と通信網は未だ復旧作業中だし、それを補う『天鷹《てんよう》商会』のグリフォンも限定的。情報も依然錯綜《さくそう》中なんだが……アレンとリディヤ嬢、それにティナ・ハワード公女殿下が東都を救ったようだよ」

「⁉」

またですか、アレン先輩っ！　どうして、何時《いつ》もそうなるんですかっ‼

リディヤ先輩は……アレン先輩と一緒なら何の心配もいりません。

私を支えてくれているミナさんの身体と声が震えています。

「……ティナ御嬢様、満点の満点です。奥様が生きておいででしたら、どれ程、お慶《よろこ》びに……」

ティナ・ハワード公女殿下――現在、アレン先輩が家庭教師をしている女の子。

他国では『閣下』なのでしょうが、王国の東西南北を守護する四大公爵家には、ウェインライト王家の血筋も入っている為《ため》、『殿下』の敬称がつけられています。

つい数ヶ月前まで一切魔法を使えなかったにも拘《かかわ》らず、今春には王立学校へ首席入学を果たした、と聞いています。……まぁ、アレン先輩絡み。不思議ではありません。

私は自分の足でしっかりと立ち、懸案について恩師へ質問します。

「教授、ギルは」

「無事なようだよ。……取り敢えず、だが」

――ギル・オルグレン公子《こうし》殿下。私の同期生で同居人のイェン・チェッカーと、研究室で最初から苦楽を共にしてきた掛け替えのない友人です。

彼がこんな馬鹿げた叛乱に参加したとは思えません。しかし……『オルグレン』である以上、何かしらの罰は免《まぬが》れないでしょう。アレン先輩に相談しないと。

「では行こうか。此処《ここ》からは僕達だけだ。ミナ嬢、誰も通さないように」

「畏《かしこ》まりました。お任せください」

「教授、やっぱり、アレン先輩に関わる何かが？」

「……ああ。叛徒《はんと》共の一部がこの丘へ向かった、という話があってね」

恩師の滅多に見ない、真剣かつ憂いを帯びた表情。

「踏み込まれていたなら……大問題だ。此度《こたび》の愚挙以上の。アンコ」

黒猫様が一鳴き。

次の瞬間──教授と私は足下の『影』に呑《の》み込まれました。


「テト嬢、もう大丈夫だよ」

「は、はい。……え？」

教授の言葉に恐々《こわごわ》目を開けると、私は簡素な墓石の前に佇《たたず》んでいました。

墓碑銘は──『果たすべき誓いを果たせし者、此処に眠る』。

見渡してみると、強大極まる黒の障壁。大樹が透けて見えます。

……ミナさんの魔力を感じるところを見ると、

「アンコさんの大規模認識阻害結界？　しかも、この魔法式……アレン先輩の？」

左肩の黒猫様が鳴かれます。正解のようです。

教授が小さく頷《うなず》かれました。

「墓石はアレンが建てた。『遺体が安置されている王立学校地下大墳墓には王族しか入れなくて、花とお酒を手向けられない』とね。埋められているのは、彼の遺品さ」

「……え？」

王立学校地下の大墳墓？　そんな物が存在するのも初めて聞きました。

「彼の地《か》へ葬《ほうむ》るのを許されるのは国家の英雄だけだからね。アレンに聞いた話だと普段の彼は、英雄から最も遠い男だったらしいけど」

「……アレン先輩のお知り合い、だったんですか？」

先輩は狼《おおかみ》族の養子という社会的立場や、圧倒的な実績に対する妬みもあり、友人が多くはありません。

……大学校時代はリディヤ先輩がべったりでしたし。

私の問いかけに教授が首肯されました。

「彼の名はゼルベルト・レニエ。アレンの親友にして、リディヤ嬢の天敵。己《おの》が使命を全うし、四翼の悪魔から王都を救った勇士だ。この丘に墓石を建てることは遺言だったそうだよ。王家は難色を示したが、アレンが頑として聞かなかった。『彼は、命を賭《と》して王都を守り抜きました。僕には友との約束を果たす責務があります』とね」

「………アレン先輩らしいですね」

私の敬愛する大魔法使い様は、何が大切なのかを決して見失いません。

「それで、いったい何を懸念《けねん》されて――……教授！」

首筋に寒気が走った瞬間、私は警戒の叫びをあげました。

――目の前の墓石に、薄気味悪い灰黒の線で印が描かれていきます。

この魔力……余りにも、余りにも禍々《まがまが》しい。肌が粟立《あわだ》ちます。

「……………聖霊教の印？」

線と線とが絡《から》まり合い、墓石上で渦を巻いていき――結集。

怖気《おぞけ》が走る巨大な蛇の集合体となり、虚《うつ》ろな眼孔で私達を睥睨《へいげい》しました。

「っ！」

虚空《こくう》に、数えきれない灰黒の幾何学模様が出現していきます。盾？

得体の知れない相手ですが……分かっていることは一つ。

私は帽子を深く被《かぶ》り直し、魔杖《まじょう》を構え、左手に呪符を取り出しました。

「どういう存在なのかは分かりませんが……此処はアレン先輩にとって大切な場所。それを汚した相手を生きて帰す程、私は人間が出来ていませんっ！　消えて――」

「テト嬢、下がりたまえ」

「！」

強烈な意思が込められた教授の命令を受け、私は魔法の発動を止め半歩後退します。

直後、中空を漂う形状の不安定な盾が次々と教授へ降り注ぎ――

「危ないっ！」「ふむ……『光盾《こうじゅん》』の残滓《ざんし》を混ぜ込んだか。と、なると」

私の悲鳴と同時に、その全てが漆黒の光閃《こうせん》によって切り裂かれました。本体もバラバラにされ、地面へ落下。血は噴き出ず、灰黒光を瞬《また》かせ繋《つな》ぎ合っていきます。冷たい論評。

「『蘇生《そせい》』もか。形状からして……」

蛇がその身を起こし、再度猛然と襲い掛かってきます。速いっ！

咄嗟《とっさ》に呪符を投げようとし――教授は帽子を押さえながら、指を鳴らされました。

瞬間、黒い匣《はこ》が蛇を包み込み収縮。完全に消失しました。

「へっ⁉」

い、今のも、魔法？　アレン先輩の言葉が脳裏を過《よぎ》りました。

教授は間違いなく王国最高の魔法士だよ。

蛇が全て消失したのを再度確認し、私は質問します。

「教授！　い、今のはいったい⁉」

「大魔法『石蛇《せきへび》』の力だ。聖霊教の置き土産さ。おそらく……此処だけじゃない。奴等《やつら》は、レニエの墓所を暴いたんだっ！」

重い……一介の学生が聞くには余りにも重い名を耳にし、私は言葉を喪《うしな》います。

しかも、聖霊教絡《がら》みだなんて——後方に魔力を感じました。

教授が敵意むき出しの声色で問われます。

「……君が全部仕組んだのかな？　そうなら潰すが？」

「まさか。私ならばもっと上手《うま》くやるし、これは『挨拶』に過ぎぬだろう？」

「……ふん」

背後にいたのは意外な人物でした。

白い魔法士のローブに身を包み、左目には片眼鏡。白い髭《ひげ》を長く伸ばした老人。

現王宮魔法士筆頭にして貴族保守派閥の巨頭ゲルハルト・ガードナー。

……アレン先輩の王宮魔法士就任を妨害したと思われる人物が、どうしてこんな所に？

疑問を感じていると、ミナさんも中へやって来られ深々と頭を下げられます。

「申し訳ありません。火急の報《しら》せ、とのことでしたので」

「火急、ねぇ…………で？　用件は？」

教授が胡乱《うろん》気にガードナーを見ました。友好的要素は皆無です。

けれど動じず、老人は淡々と事情を伝達しました。

「ジョン王太子殿下の遣いとして来た」

教授の片方の眉が上がりました。

――ジョン・ウェインライト王太子殿下。

将来の国王陛下となられる御方ですが、表に出たがらないと聞いています。

視線で促され、ガードナーがはっきりと口にします。

「『新しき英雄の為、王都の清掃も必要だ』――私は今晩、この場に来ていない」

「…………どういう風の吹き回しだ？」

空気が一気に重くなりました。

――『清掃』。つ、つまりそれって。

「私は守役としての任とガードナーの使命を果たすのみ。クロム侯と、西都の陛下の御賛同もいただいている。王宮禁書庫の結界が一部破られ、略奪された。王都へ移送されたジェラルド王子も行方不明になっている……奴等は、急進的な聖霊教は危険過ぎる」

「……敵の敵は味方、と。いい機会だから、此度の愚挙に参加する根性もなかった派閥内の使えない者達をも一掃する、か。はっ！」

教授が視線をやや下へ向けられ、眼鏡を直されると、妖しく光りました。

「悪くはない。王国は急ぎ変わらねばならない。——敵は邪悪だ」

「貴殿に同意なぞせぬ。例のアレンという者を王宮魔法士としなかったのは、正しかったと今でも確信している。だが、王国の安寧はそれに勝る重大事だ……彼を王都へ戻し、この現場を見せるわけにはいくまい？　少なくとも敵の仔細《しさい》と意図が分かるまでは」

私は身体《からだ》を震わせました。

——アレン先輩は誰よりも優しい人です。

けれど、だからこそ……怒らせてしまえば世界で一番恐ろしく、誰にも止められない。

亡《な》くなられた御友人の墓所が辱《はずかし》められていたのなら……たとえ王国と敵対することになっても、先輩は復仇《ふっきゅう》を果たそうとされるでしょう。

教授が吐き捨て、苦々しく考えを口にされます。

「僕は君が大嫌いだよっ！　……三公爵に話を通す。人員も必要だし、急ぎシェリル様を東都行きの列車へ乗せなければ。あの御方は絶対に反対されるからな」

「私も貴殿が大嫌いだ。が……汚れ仕事は歳《とし》を喰《く》った者の責務。その一点において、貴殿と私は考えを同じくすることが出来ると信ずる」

「「……」」

王国の誇る大魔法士二人が睨《にら》み合《あ》い――冷笑。

「……では、確かに伝えた」

そう言ってガードナーは踵《きびす》を返《かえ》し、去っていきました。

アレン先輩、この件、研究室唯一の『一般人』である私には荷が重たいですっ！

ミナさんが、耳元で囁《ささや》いてきます。

「(……アレン様から直接魔法を習い学んだテト御嬢様《おじょうさま》は、一般人枠ではないかと★)」

「(ミ、ミナさん⁉　こ、心を読まないでくださいっ！)」

あたふたする私を見て、アンコさんが呆《あき》れたように鳴かれました。

教授が考え込まれ、零《こぼ》されます。

「問題は、どうやってアレンを王都から遠ざけるかだな。東都の混乱が収まれば……

『外』へ行かせてしまえば良いのか。なら、リディヤ嬢も巻き込んで――」

恩師の怖い笑み。

「申し訳ないが、テト嬢。君にも協力をしてもらう。アレンとリディヤ嬢へ、それぞれ手紙を書いておくれ」

第1章

「う～ん……上手くいかないな……」

ソファーに腰かけ、新しい魔法式を浮かべ実験していた僕は独白を零した。

——今、僕がいるのは東都最大の病院、その特別病室。

ベッド脇の椅子には魔剣『篝狐《こうこ》』と魔杖『銀華《ぎんか》』が立てかけられている。

オルグレン公爵家を首魁《しゅかい》とした貴族守旧派の叛乱《はんらん》劇が終息してから三日。

僕は未《いま》だ入院中だけれど、東都は少しずつ平穏を取り戻しつつある。

教え子達や妹、両親は半壊した新旧獣人街の復旧作業をお手伝いしていて不在。

膝の上では紫リボンを首に結んだ幼狐《ようこ》——八大精霊の一柱『雷狐《らいこ》』のアトラがすやすや。

魔力を回復中で人型になれないのだ。撫《な》でると、嬉《うれ》しそうに獣耳と尻尾を動かした。

開け放たれた窓からは心地よい夏の風。明るい声も聞こえてくる。

「僕も手伝いたいんだけど……」

「ダメですぅ～♪　『当分入院させて、強制的に休ませる！』が、全員の総意なので、アレンさんは、大人しくお休みするのが御仕事です☆」

扉の開いた入口へ視線を向けると、そこにいたのは、長く美しい紅髪《あかがみ》を黒のリボンで結い、前髪に花の髪留めをつけている美少女。洗濯物の入った籠を持ってニコニコ顔だ。

――この人の名前はリリー・リンスター。

リンスター公爵家メイド隊第三席にして、リンスター副公爵家の御嬢様。

僕の相方で、今は診察を受けているリディヤ・リンスターや、リディヤの妹で僕が家庭教師をしているリィネ・リンスターの従姉《いとこ》でもある。

服装は、淡い紅を基調とした矢の紋様が重なっている大陸東方の衣装に、長いスカートと革ブーツ。似合ってはいるけれど、メイドさんには見えない。

リリーさんは病室へ入ってくるとベッド脇のテーブルに籠を置き、右手の人差し指を立て、注意してきた。

「いいですかぁ～？　私はアレンさんよりもお姉ちゃんです。そして、お姉ちゃんの言うことは聞かないとダメダメです♪」

「……初めて会った時、お姉ちゃんは迷子になって泣きべそをかいていたような？」

僕とリリーさんの出会いは今から五年前の夏。王立学校の生徒だった頃。

リディヤに南都へ招かれた僕は、駅で途方に暮れていた二つ年上の少女と出会い、一緒に冒険したのだ。髪留めもその記念に僕が贈った物だったりする。

なお……夕刻、満足して屋敷《やしき》に辿《たど》り着《つ》いた際、リディヤが恐ろしく不機嫌だったのは言うまでもない。

劇的にリリーさんの表情が変化し、動揺しながら反論してくる。

「あ、あれは……私は、副公領にずっといたから南都に慣れていなくて……。う～！　お姉ちゃんには優しくしないとダメなのに、もうっ」

唇を尖《とが》らせながら、僕の隣に腰かけてきた。

──懐《なつ》かしい南の花の香り。

「でも……凄《すご》いですね。本当にメイドさんになるなんて。夢を叶《かな》えたじゃないですか」

さっきまでの不機嫌は何処《どこ》へやら。リリーさんは胸を張った。

「ふっふ～ん♪　当然です。目指すはメイド長ですっ！」

「頑張ってくださいーーその前にメイド服を貰《もら》わないといけないと思いますけど」

「はぅっ！」

年上メイドさんは豊かな胸を両手で押さえ、上半身を倒した。面白い反応。

メイド隊の人達にも愛されているんだろうなぁ。メイド長のアンナさんには特に。

ほんわかしていると、リリーさんが、がばっと身体を起こしポカポカ腕を叩《たた》いてきた。

「アレンさんはぁ！　ほんとにぃ‼　意地悪ですぅ～‼」

「痛い、痛いですって」

「……ふんだっ！」

腕組みをし、リリーさんはそっぽを向いた。変わられていないようで何より。

僕は右手の人差し指を倒し、さっき展開しておいた魔法式を虚空《こくう》に浮かべた。

「わぁ～綺麗《きれい》ですね～。それは～？」

「『炎魔《えんま》』……いえ、【双天《そうてん》】リナリア・エーテルハートの魔法式。その簡易版です」

「⁉」

──リナリア・エーテルハート。

人類史上最高の剣士にして魔法士。そして……最後の魔女の末裔《まつえい》。

四英海《しえいかい》上の遺構で出会い、アトラを僕へ託してくれた古《いにしえ》の大英雄。

幼狐の頭を撫でながら、静かに告白する。右手薬指の指輪が赤く光った。

「僕は彼女と約束をしました。『アトラを守る』と。けれど……それを破ってしまった。

この子が帰ってきてくれたのは、リディヤの中の大精霊『炎麟《えんりん》』とティナの中の大精霊『氷鶴《ひょうかく》』が力を貸してくれたからです。二度目はないでしょう。強くならないと」

「アレンさん……て～ぃ」

「わっ！」

いきなりリリーさんが僕の腕を引いた。そのまま、頭を膝上に。

優しく優しく撫でられる。大人びた口調。

「――……大丈夫です。アレンさんは頑張りました。頑張り過ぎています。そのことはみんな知っています。だから、焦《あせ》らないでください。一人じゃ無理でも、みんなでなら、どうにかなります。メイドさんになった最強無敵で可愛《かわい》いお姉ちゃんもいますし♪　分かりましたか？　分かったら、返事！　です」

アトラも起き、もぞもぞと僕のお腹《なか》の上へ移動。円《つぶ》らな金の瞳で見つめてきた。

「……………心に留めておきます」

「――よろしいです。アトラちゃんも覚えておいてくださいね？」

可愛く一鳴き。尻尾をパタパタ。リリーさんはアトラと仲良しだ。

上半身を起こすと、年上メイドさんは文句。

「あ～！」

「……女の子は簡単に膝枕をしてはいけません。リリー・リンスター公女殿下？」

「『公女殿下』禁止ですぅ～！」

年上メイドさんが駄々をこねる。

——ああ、そうだ。

「リリーさん」

「……何ですか？　意地悪な家庭教師さん」

「有難《ありがと》うございました」

「…………へぅ？」

大きな瞳をぱちくり。

「リィネから話を聞きました。僕がいない間、リディヤを支えてくれたんですよね？」

——僕の相方は『剣姫《けんき》』の称号を持つくらい強い。

けれど、心は年齢相応。強がっていても、脆《もろ》い部分もあるのだ。

「貴女《あなた》がいなかったら、あいつの心は保《も》たなかったでしょう。感謝を」

「——……アレンさん」

リリーさんが僕の両手を握ってくる。

「そんなの当たり前です。だって、私はリディヤちゃんが大好きですから。それに、私やリィネちゃんだけじゃありません。メイド隊や屋敷のみんな、奥様も見守っていました。何より——……アレンさんがいました」

「……僕は何も」

「いいえ！　リディヤちゃんは叛乱の報が届いた後、懐中時計とリボンを片時も離さず持っていました！　アレンさんはリディヤちゃんの心を守ったんですっ‼」

普段の様子と異なり、真剣そのもの。

――これが『リリー・リンスター公女殿下』本来の姿なのかもしれない。

視線を合わせ、穏やかに笑みを返す。

「……そうだと嬉しいですね。今、話したことは内緒で」

「……はい♪　私とアレンさん、二人だけの秘密です☆」

頷《うなず》き合う。知られるのは恥ずかしいし、墓場まで持っていこう。

「――……何を、しているのかしら？」

「「！」」

極寒の声が耳朶《じだ》を打った。僕等は恐る恐る、病室の入口を見る。

そこにいたのは、僕の白シャツを羽織り、調子が悪い懐中時計を持った寝間着姿の痩せている美少女。短くなった紅髪は未だ切り揃《そろ》えられていない。

――リディヤ・リンスター。

『剣姫』の称号を持ち、王国南方を統《す》べるリンスター公爵家の長女にして、王立学校入学以来の僕の相方だ。

リディヤが射殺《いころ》さんばかりに僕を睨《にら》み、ポツリ。

「…………手」

「え？　……あ」

リリーさんと手を握りっ放しだったのを思い出し、慌てて離す。

「あ～……」不満そうな声が微《かす》かに聞こえた。

リディヤは冷たく年上メイドさんを一瞥《いちべつ》し、口を開く。

「……リリー、紅茶を淹《い》れてきて」

「はぁ～い。……んしょ」

リリーさんは立ち上がり、少し考え――アトラと僕の頭を、ぽん。

「！　リリー‼」

「うふふ～♪　では、行ってきま～す」

嬉しそうに年上メイドさんは逃走していった。

残されたのは僕と膝上でうとうとなアトラ。そして、むくれているリディヤ。

……さて、どうやって言い訳しようかな？


「……この浮気者《うわき》ぉ。何時か刺されるんだからねぇ」

「冤罪《えんざい》だと思う」

「口答え禁止！」

頬を少しだけ膨らませ、紅髪の少女は僕の隣に腰かけ、肩と肩をぶつけてきた。

「まったく、あんたは私の、私だけの下僕だっていう――……」

リディヤが僕に顔を近づけ、匂いを嗅いだ。目を細める。

「……ねぇ？　どうして、リリーが使っている香水の香りがするの？」

「あ～……隣に座って」「嘘《うそ》ね」

断じられ言葉を喪《うしな》う。リディヤは瞳で何かを要求。

……こういう時、下手な言い訳が逆効果なことを僕は学んできた。

アトラに浮遊魔法をかけ、膝を空け、手でぽんぽん。

我《わ》が儘《まま》少女はすぐさま頭を乗せてきた。早口。

「この程度で埋め合わせが出来た、と思わないでよねぇ……御主人様が望むことをしたのは及第点だけど」

「あ、望んではいたんだ」

「はぁ⁉　当たり前でしょうっ！」

「ええ……僕が怒られるの……？」

「自覚が足りないのよ。……ねー」

リディヤは再び視線で要求してきた。公女殿下の仰《おお》せのままに。

くすんだ紅髪を手で梳《す》く。

「診察、どうだった？」

「異常な～し。退院はあんたと同時だけどね」

「……そっか」

『異常がない』。

それは『異常を見つけることが出来ず、原因不明』という意味。

――いや、原因を僕は知っている。

叛乱《はんらん》の最終局面。聖霊教異端審問官レフは魔獣『針海《しんかい》』に変異し、東都大樹を襲撃。

僕は、リディヤ、そして、この場にいないティナ・ハワードと魔力を繋《つな》ぎ、大魔法『閃《せん》雷《らい》』で『針海』を撃ち――東都を救った。

戦後、ティナには問題がなかったものの、無理を重ねた僕は心身の疲労で要療養。

そして、リディヤは……手を伸ばし頬に触れてきた。

「そんな顔しないで。大したことないわよ」

「…………」

僕はその手を無言で握り締める。


——現在、リディヤは著しい魔力減衰状態にある。

使えるのは僅かな身体強化のみ。魔力量は平均以下の僕よりも少ない。

医師の診察では、極度の魔力酷使による一時的な症状、ということだったけれど……。

診断後、一番動揺したのは本人——ではなく、ティナや、ティナの専属メイドであるエリー・ウォーカー。そしてリィネと、僕の妹のカレン。

僕やティナの姉であるステラ・ハワード公女殿下は、みんなの姿を見て平静を保てた。

人は他者の姿を見ることで冷静になれるものなのだ。

もしも、リディヤが魔法を使えないままなら——……軽く頬を摘まれた。

「バカね。私、嬉《うれ》しいのよ？　だって——やっと、やっと、あんたと同じになれたんだもの。確かにちょっと大変ね。でも、私の隣にはあんたがいる。なら、何の問題もないじゃない？　…………魔法を使えない私なんて嫌い？」

「……その質問は反則だと思う」

「こーたーえーてーぇー」

リディヤが膝上で子供みたいに身体《からだ》を揺する。

アトラも起き、空中で真似《まね》っこ。……まったく。

上半身を倒し覗《のぞ》き込み、囁《ささや》く。

「──魔法が使えなくてもリディヤはリディヤだし、嫌いになんかならないよ」

「うふふ……よろしぃー♪　あ、でも、治癒魔法を使えないのは困るわね……」

「確かにね。君は前衛だし」「そーいうはなしじゃーなーい」

リディヤは起き上がり額をぶつけ目を閉じ、右手を両手で包み込んできた。

「あんたが怪我《けが》した時、すぐに治せないでしょう？　無理無茶ばっかりするから……」

「それは君だってそうじゃないか」

「あんたと一緒なら、私はこの世界の誰にも負けないし、怪我することもない。私が魔法を使えないままでも、これは変えられない！　──そうでしょう？」

「あ～……………うん。そうだね」

「ふっふっふ～♪」

少女は花が咲いたような満面の笑み。頰を掻《か》く。

「退院したら、懐中時計を父さんに見て貰《もら》おう。髪も整えた方が良《い》いね。折角——綺麗《きれい》なんだから」

「そうね〜。また、伸ばさなきゃ……何処《どこ》かの誰かさんは長い髪が好みだし？　あ、髪はあんたが整えてよね」

「いや、それは」「やってくれなきゃヤダ」

「我が儘な公女殿下だなぁ」「あんたにだけよ」

どうも不利だ。話題を変えねば。

「……そう言えば、南都へ届けてもらったリボン」

「あーあーあーあー！　……い、いじわる、いうなぁ。あ、あんただって、私の杖《つえ》、なくしたでしょぉ？」

燃やし尽くしてしまった罪悪感はあるらしい。

アトラが僕達の膝の間に着地。丸くなった。

二人で撫《な》でながら気になっていたことを尋ねる。

「——ティナ達と戦って正気に戻るまで、暴走したって聞いたけど、本当なのかい？」

「…………半分くらいはね。もう半分は」

リディヤが右手の甲を見せてきた。そこに大精霊『炎麟《えんりん》』の紋章はない。

アトラによると――深く深く眠っているらしい。

「女の子の、ね……必死な声が聞こえたのよ。『大丈夫。愛《いと》し子は生きている。貴女《あなた》なら感じ取れる』って。凄《すご》いわよね？　その言葉だけで、真っ暗闇に光が……一筋の光が差すのをはっきりと感じたの。あの感覚は生涯、ううん、生まれ変わっても忘れないと思う」

「『炎麟』は君をずっと助けようと――」

「はい！　難しい話はおしまーい。そういうのは、全部退院した後にしなさい！　ララノアの魔短銃と聖霊教の印も御母様へ渡したんでしょう？　なら、今のあんたが為《な》すべきことは――私を甘やかす。ただ、それだけよ！　……その指輪、外せないわけ？」

指輪を忌々《いまいま》しそうに見つめ弄《いじ》り始めた。

そんな少女のくすんだ紅髪を手で直しながら、僕は懸念《けねん》事項に想《おも》いを馳《は》せる。

教え子のティナとステラの母上、ローザ・ハワード様の呪殺疑惑の件は、遂《つい》に突破口が開けそうだ。アトラを鎖に繋いでいたのは……対『エーテルハート』用のそれだった。

それぞれ八つの大精霊と大魔法。名前が判明した程度で詳細は不明。

けれど……膝上のアトラを見つめる。僕はこの子達と約束をした。『必ず助ける』と。

僕のことらしい『欠陥品の鍵』の件も多少前進したかな？

アトラを鎖に繋ぎリナリアと交戦したという、『賢者』とレフが叫んでいた『聖女』。

どちらも剣呑《けんのん》だけれど……特に『聖女』の存在は不気味だ。

叛乱劇の陰で聖霊教は、王都から魔獣『針海』の亡骸《なきがら》や王都大樹の何か、東都の文献を略奪した。それが主目的だったのだろう。

だからこそ、レフは大精霊『石蛇』の力が自身に埋め込まれ、『針海』へ変異したことを心底疑問に思っていたのだ。

——もしかしたら、あれは僕だけに対する。いや、まさかな。

リディヤが指輪を弄るを止《や》め、頬を膨らませた。

「……とれない。ねぇ？　斬《き》っていい？」

「……駄目です」

「ケチ。バカ。……何処にも行かない？」

「行かないよ」

「……えへ♪」

幸せそうに、少女は僕へ身体を寄せてくる。

……『忌《い》み子』の話はリサさんから聞いた。

リディヤが『悪魔』に堕《お》ちかけていた話も気にかかる。

僕がいる限り二度目はないし、させやしないけど……情報は必要だ。

これ以外にも、ステラが遭遇したという骨竜や、使徒を名乗る存在。ララノアの関与、リナリアの日記改竄《かいざん》疑惑、彼女とアトラがいた蒼翠《そうすい》グリフォンが住まう場所、『流星』の墓所の場所、フェリシアの両親の安否確認等々、問題は山積み。

一歩一歩進むしかない。後で調査要望書をまとめておかないと。

でも今は――……窓の外から、遠くで何かが倒壊する音と強大な魔力。

ステラとカレンはともかく、ティナ達、ちゃんと復旧のお手伝い出来ているかな？

＊

「はい、これでもう大丈夫。痛くなくなったかしら？」

「うん！　痛くない！　ありがとう、お姉ちゃん！」

足を負傷し歩けなかった猫族の少年は瞳を輝かせ、その場で跳びはねてみせた。

付き添っていた母親の目に涙が溢《あふ》れ「有難《ありがと》う……有難うございます。聖女様」と頭をさげてくる。今日だけで何度そう呼ばれただろうか。

――叛乱は幕を閉じたけれど、東都には甚大《じんだい》な被害が発生した。数多くの負傷者も。

正規の病院だけでは到底足りず、大樹には未《いま》だ野戦病院が開かれている。

その為《ため》、上級治癒魔法を使える私は親友のカレンと一緒に、一昨日から怪我人の手当てをしているのだけれど……『ステラ・ハワード公女殿下は北方で『聖女』と呼ばれている』という噂《うわさ》が広まってしまったらしい。

近衛《このえ》騎士団の方々と共に瓦礫《がれき》撤去へ出向いている妹のティナ達が、からかい半分で言っていたのも影響しているのかも。

アレン様に知られたら『僕もそう呼んだ方が良いですか？』と言われそうだ。

あ……でも、お話の切っ掛けには出来るかも？

退院されたら、たくさんお話ししたいし……えっと、あ、甘えたいし………。

「お姉ちゃん、お顔が真っ赤ー」

！　わ、私ったら、何を考えて。い、いけないわ。いけないことだわ。

「こほん。……魔法で癒《いや》しはしましたが、病院にも連れて行ってあげてくださいね」

「はい、必ず」「ありがとう、お姉ちゃん！」

母親は子供と一緒に天幕を出て行った。私は小さく手を振って送り出す。

机の上の小さな時計を確認。終了時間だ。……ふぅ。

疲れを感じ身体を伸ばす。軍服に白衣を羽織るのにも、慣れてきた。

「……飲み物でも貰ってこようかしら」

ここ数日魔法を使うとよく舞う光の魔力を手で散らしながら、天幕の外へ。

後方には大樹が聳《そび》え立ち、眼下の大水路には多くのゴンドラや小舟。

どれも、木箱や人を満載。大樹前の広場も多くの人々が行き交っている。

各獣人族。エルフ族。ドワーフ族。人族の姿も多い。

種族関係なく話し合い、笑い合い、次々と復旧作業が行われる現場へ向かっている。

……北都でも、こういう光景が見られるようにしないと。

私はステラ・ハワード。公爵家を継ぐんだから！

脳裏に、成長し蒼《あお》のドレスを着た大人の自分。隣には『魔法使い』さんの姿が浮かび
――頬に冷たいグラスが押し当てられた。

「きゃっ」

「お疲れ様、ステラ。はい、果実水」

「！　カ、カレン。ありがとう、そっちも休憩？」

私にグラスを押し当ててきたのは、灰銀色の髪で獣耳と尻尾を持ち、王立学校の制服に白衣を羽織り、半妖精族の花付軍帽を被《かぶ》っている狼《おおかみ》族の少女。

私の親友で、王立学校副生徒会長でもあるカレンだ。アレン様の義妹でもある。

今回の叛乱劇《はんらん》では単騎、西方へと脱出。

ルブフェーラ公爵家を参陣させる、という大功を立てた。

「ええ。軽傷者は大方治療し終えたみたい。さっき、母さんもそう言ってたし」

「そ、そう……」

カレンとグラスを合わせ、一口。爽やかで美味《おい》しい。

エリン様は、アレン様とカレンのお母様だ。

とてもとてもお優しい御方で、叛乱鎮圧後も大樹で珍しい増幅魔法を用いられて、治療行為の補助をされている。

……私も『お義母様《かあさま》』とお呼びしたいのだけれど、未だ言い出せていない。

「終わったら、兄さんの面会に行きたいわね。……ついでに、リディヤさんも」

「……そうね」

私の親友はエリン様とアレン様に似て優しい。

——現状、極一部を除いてアレン様とリディヤさんとの面会は許されていない。

御二人共、大変疲弊されている為だ。許可が出たら、みんな大挙して押しかけてしまう。

リディヤさんの魔力減衰も心配だし、ティナ達と計画した『アレン様の社会的地位を私達で引き上げる』は、一時的に棚上げ。

今は心と身体《からだ》を休めていただかないと！

叛乱劇における論功行賞の情報は、逐次集めておけばいい。

カレンが嘆息した。

「兄さんのことだから、退院後は来る人を拒もうとはしないわ。昨日の夜、届け物をしに行ったら、蒼翠グリフォンの親子が来ていたし……」

蒼翠グリフォンは恐るべき魔獣。

人には慣れないと学んだけど、アレン様ならば納得だ。

でも……私は親友を詰問《きつもん》する。

「カレン、昨日の夜、病院へ行ったの？」

「――……私は妹だし？　買い物帰りに頼まれていた本とノートを届けただけよ」

「……ふ～ん。てっきり、甘えたくて行ったと思ったわ」

「そ、そんな筈《はず》ないでしょう？　……兄さんとは少しお喋《しゃべ》りしたけど。すぐ、リディヤさんとリリーさんに邪魔されて――ステラっ」

カレンが頬を染め、怒ってきた。

「ふふ、ごめんなさい」

鳴呼《ああ》、私は今とっても満ち足りている。数ヶ月前の自分からは到底信じられない。

それも全部全部――胸ポケットに忍ばせている、蒼翠グリフォンの羽根に触れる。

ロストレイの地で、『勇者』様から受けた奇襲を思い出してしまう。

『有名になんかなりたくありません。私がなりたいのは』

『あの人のお嫁さん？』

…………………あぅ。

自分の体温が急上昇するのを感じ、グラスの果実水を一気に飲み干す。

カレンが顔を覗《のぞ》きこんでくる。

「ステラ？　どうかしたの？」

「！　な、何でもないわ、大丈夫――ティナ達、ちゃんと仕事しているのかしら？」

「ああ、それならさっき聞いたわ。張り切っているみたいよ」

「？　聞いたって、誰に――」

「はい♪　私でございます☆」

私達の目の前に突如として現れたのは、栗色《くりいろ》髪で細身のメイド――リンスター公爵家メイド長のアンナさんだった。

リサ・リンスター公爵夫人に付き従って、大樹内の会議に参加されている筈じゃ？

メイド長さんが、イヤリング型の通信宝珠を差し出してきた。

「ステラ御嬢様《おじょうさま》、ティナ御嬢様と御連絡を取られたいのならばこちらを♪　会議は煮詰まり過ぎて焦げ付き、大休止中でございます☆」

「あ、ありがとうございます」

受け取り耳に着け、妹に呼びかける。

「ティナ、ティナ、聞こえる？」

『？　御姉様ですか？　ごめんなさい。今、少し取り込み中で――あ～！　リィネっ！　エリーまで！　ま、まだ、開始じゃないですっ！　あ～もうっ！！！！』

通信宝珠からは、リィネさんとエリーがはしゃぐ声と、近衛騎士達の太い笑い声。

瓦礫撤去で競争をしているようだ。

私はアレン様と魔力を繋《つな》げたのに元気いっぱいな妹を注意しておく。

「……ティナ、はしゃぎ過ぎないようにね？」

『分かってますっ！　でも……これは絶対に負けられない戦いなんですっ‼　だって、次の先生との面会時に、隣の席を――リィネ⁉　『火焔鳥《かえんちょう》』は反則でしょうっ！』

私はカレンと顔を見合わせ、肩を竦《すく》め苦笑。

……妹の前向きさが少し羨ましい。

アンナさんが指を鳴らし、静音魔法を張り巡らせた。

「王都・東都間の鉄道及び通信網の復旧作業も順調に進んでいるようでございます。早ければ週明けにも一部部隊が東都に入るかと。主力は、ハワード、ルブフェーラ両公爵家。リンスター公爵家及び南方諸家は南都へと帰還する模様です。王都には退避していた王都貴族の軍が入るとの報が届いております」

三公爵家が王都を離れる？　未《ま》だ混乱は収まったわけではないのに？

少し違和感を覚えつつ、アンナさんへ尋ねる。

「北方の講和は進んでいましたが……南方の戦況と、東方の様子はどのような？」

――現在、王国は三方に直接的な敵を抱えている。

北方のユースティン帝国。南方の侯国連合。東方の聖霊騎士団。

ユースティンと侯国連合は直接的な侵略を試み、それぞれ撃退された。

聖霊騎士団は東都で獣人族の方々を殺害。アレン様とリディヤさん、リィネさんの兄上、近衛騎士団副長リチャード・リンスター公子《こうし》殿下と交戦したと聞いている。

その後は東都から自国領へ撤退。

二百年前の魔王戦争において、大陸に武名を轟《とどろ》かせた伝説の部隊『流星旅団』と東方国境で睨《にら》み合っている。

アンナさんが困り顔になられた。

「教授の御力もあり、帝国との講和は纏《まと》まったようでございます。南方では、大奥様とフェリシア御嬢様が御活躍を。ただ……侯国連合側の世論が乱れているようでして」

戦争には相手がいる。一度始めた戦争は、そう簡単に終わらない。

その渦中《かちゅう》に私とカレンの親友が――フェリシア・フォスがいる。

身体は弱いのに、誰よりも心が強い。きっと、限界を超えて頑張ってしまっている。

カレンがアンナさんに問いかけた。

「大樹内の会議の内容はどのような……？」

「東都の復興をどうするか、が主眼でございます。アレン様の処遇については『大魔導《だいまどう》』ロッド卿《きょう》が、叙勲は受けないのではないか？　と疑念を。『流星旅団』に参加されている各族長様からも、意見がある、と。全ては退院後となりましょう」

「「…………」」

私達は視線を合わせ、拳を握り締める。

――アレン様の社会的立場は脆弱《ぜいじゃく》。

狼族の養子で姓もなく……カレンの話では『獣人』とすら認められていない。

王立学校、大学校を次席で卒業され、数々の功績を挙げてもなお、分厚い『見えない壁』に阻《はば》まれる。

それを改革していたのがウェインライト王家であり、守旧派の貴族達は実績を積み上げていくアレン様のような真の実力者達の影に怯《おび》え、叛乱を起こした。

でも――……彼等《かれら》は完膚なきまでに敗れた。

アレン様の社会的地位向上の下地は整っている、と言っていい。

……けど、あの御方はきっと、御自身のことよりも獣人族全体の地位向上を望まれる。

私はカレンを見つめた。

「……そんな顔で見ないでよ、ステラ。協力はするわよ。でも、想像以上に大変よ？　兄さんは変なところで頑固なんだから。……あと、偉くならないなら、わ、私が有利だし……」

「む……」「うふふ♪　青春でございますね☆」

私は細目になり、アンナさんはニコニコ顔。

話を続けようとする前に、通信宝珠からティナとエリー、リィネさんの切迫した声。

『御姉様！　お暇《ひま》でしたら手伝ってください！』

『ス、ステラ御嬢様っ！　た、大変ですっ！』

『石化が一部残っていて少しずつ増殖しています。浄化しないと!!』

魔獣『針海』に埋め込まれていた大精霊『石蛇』の力。

『閃雷』で吹き飛ばされ、消滅したと思っていたけれど……。

私はカレン、アンナさんへ目配せ。二人共も頷《うなず》いてくれた。通信宝珠へ返事。

「ティナ、エリー、リィネさん、今からそっちへ向かうわ」

『『はいっ』』

……疲労感もあるけれど、浄化魔法の使い手は少ない。私が頑張らないと！

脱いだ白衣を近くの椅子にかけ、グラスをテーブルへ置く。

「アンナさん、カレン、行きましょう！」

＊

「それで――ステラが浄化をしたんですか？」

その日の午後。病院の内庭。

屋根付きベンチに腰かけながら、僕は目の前の教え子達へ質問した。

樹木の翠《みどり》と様々な花の色彩に溢《あふ》れ、心地よい。今の時間は貸し切りだ。

リディヤはリリーさんとアトラを連れて再検査で、不在。

年上メイドさんが内庭へ張っていった不可視の結界を感じる。

薄く蒼《あお》みがかった白金髪で、後ろ髪を純白のリボンを結んでいる少女——ティナ・ハワード公女殿下が勢いよく右手を挙げた。

立ち上がった前髪と手首に結ばれている蒼のリボンが揺れる。

「はいっ、先生！　その後、私達が魔法で一掃しましたっ！　御姉様とカレンさんは、大樹へ報告しに行かれています」

赤髪に軍帽を被《かぶ》り、軍服姿の少女——リィネ・リンスター公女殿下も手を挙げる。

「はいっ、兄様！　ステラ様はとっても凛々《りり》しかったですっ！」

ティナもリィネも『公女殿下』の敬称を受ける公爵家の御嬢様で、数ヶ月前から僕が家庭教師をしている子達だ。この叛乱《はんらん》の渦中、内に外に活躍。随分と頼もしくなった。

……ただ。僕はペンをノートに置き、薄蒼髪の少女へ懸念《けねん》を伝える。

「ティナ……頑張り過ぎていませんか？」

北方戦線において天候予測という神業を見せ、戦勝に貢献した天才少女は挙動不審。

露骨に視線を逸《そ》らした。

「そ、そんなこと、ありません。私はもっと、もーっとっ、頑張って——」

「兄様、首席様は頑張り過ぎだと思います」

リィネがお澄まし顔で口を挟んできた。

⁉　リィネ！　う、裏切るんですかっ⁉」

「真実をお伝えしているだけです。兄様に嘘《うそ》をつけと？」

「「ぐぬぬ………」

ティナは唸《うな》り声をあげ、沈黙。やっぱり、少し無理をしていたようだ。

後で、ステラやカレンへ伝えておかないと。

石廊を通り抜け、ブロンド髪でメイド服の少女がやって来た。紅茶のポットを載せた木製のトレイを手に持っている。

僕の教え子の一人で、北方の名門ウォーカー家の跡取り娘、ティナの幼馴染《おさななじみ》兼専属メイドのエリー・ウォーカーだ。

「ア、アレン先生、冷たいお紅茶を淹《い》れてきましたぁ～♪」

見るからに浮き浮きした様子で近づいてくる。

――うん、既視感。この後の展開が予測出来るな。

エリーは嬉《うれ》しそうに駆けてこようとし、

「きゃっ」「おっと」

案の定転びかけたので、トレイに浮遊魔法をかけ、メイドさんを受け止める。

「は、はひっ！　あ、ありがとうございます。……えへへ。アレン先生♪」

「大丈夫ですか？」

「「…………」」

エリーは幸せそうな笑みを零《こぼ》し、ティナとリィネは無言で細目になり、立ち上がった。

二人の公女殿下が、僕から天使を引き離す。

「ひゃぅ！」「……エリー？」「……今のはわざとですね？」

悲鳴に構わず、ティナとリィネが年上の親友へ詰め寄る。

「あぅあぅ。テ、ティナ御嬢様、リ、リィネ御嬢様、そ、そんなこと……」

「問答！」「無用です！」「きゃ〜！」

少女達の追いかけっこが開始された。元気だなぁ。

僕はほんわかしながら、浮かべておいたトレイをテーブルの上へ着地。

冷たい紅茶を四つのグラスに注《つ》ぎ、空間に試作中の魔法式を展開。

硝子《ガラス》みたいに綺麗《きれい》な魔女の簡易魔法式。鋭く、芸術品のように美しい。

使いこなせれば、飛躍的に威力は向上するだろう。

けど——実戦で使える気がまるでしない。自分で自分の手を斬《き》ってしまいそうだ。

少しでも失敗すればすぐさま暴発する代物で、完全再現も程遠い。

リナリアは人類史の頂点。凡人がどうこう出来やしないのだ。

僕は、追いかけっこを止め睨《やにら》み合っている教え子達の名前を呼んだ。

「ティナ、エリー、リィネ。座ってください。見せたいものがあります」

「「「は～い♪」」」

三人は声を揃《そろ》え、すぐさま椅子に腰かけた。

そして、魔法式に気付くと目を輝かせる。

「先生」「綺麗です」「兄様？」

僕は三つのグラスを手渡しながら説明した。

「幸か不幸か……僕は魔法の神髄に触れました。まず、エリー」

「は、はひっ！」

天使なメイドさんはその場で立ち上がった。新しい魔法式を三人の前に浮かべる。

ティナとリィネが目を見開き、エリーは両手で自分の口を押さえ、呆気《あっけ》に取られている。

「ア、アレン先生、こ、これは、もしかして……」

「ええ」

僕は大きな満足感を覚えながら頷いた。

離れていた間も、きちんと課題をこなしてくれていたのだろう。

「本物の飛翔《ひしょう》魔法——その魔法式です。ノートに書いたことは毎日」

「欠かさず繰り返しています」

「素晴らしい。なら訓練次第で使えるようになる筈《はず》です。大陸でも飛翔魔法を使える魔法士は数える程。後世の歴史書に名前が載るかもしれませんよ？」

「そ、そんな……ア、アレン先生のお陰です……」

エリーが自分の頰に手をやり、恥ずかしがる。

僕は複雑そうな表情のティナとリィネに苦笑しながら、メイドさんへ質問。

「雷属性はまだ苦手ですか？」

「……はい。こ、怖くて……」

俯《うつむ》き、しゅんとした。魔法式を消しながら、穏やかに問う。

「エリー、カレンが怖いですか？」

メイドさんは一瞬きょとん。すぐに、首を何度も振った。

「い、いえ。カレン先生は怖くありません。とっても、とってもお優しいので。えと……もう一人のお姉ちゃんって、思っています………」

「なら、雷魔法を使う時、カレンのことを考えてみてください。八属性を使えれば、僕のとっておきを教えられます」

「！　アレン先生のとっておき……が、頑張りましゅ！　あうぅ……」

ここぞ、で噛《か》んでしまい、エリーは顔を覆い、いやいや。懐《なつ》かしい感覚だ。

次に僕は赤髪の公女殿下の名前を呼んだ。

「リィネ」

「兄様。リィネも『紅剣《くけん》』発動が出来るようになりました！」

呻《うめ》きそうになるのを堪《こら》える。

――『紅剣』とは『火焔鳥《かえんちょう》』と並ぶリンスター公爵家の切り札。

リィネの兄である、近衛《このえ》騎士団副長のリチャードも使えないのだ。

「……先生、私のノートに秘伝はありませんでしたけど？」

ティナが頬を膨らませているけれど、今は捨て置こう。

赤髪の公女殿下を窘《たしな》める。

「……エリーもだけど、もっとゆっくり成長してくれて良いんだよ？」

「幾ら兄様の御言葉でも聞けません。ステラ様に比べれば遅いくらいです」

リィネはきっぱりと拒絶。……ここであの子の名前が出てくるのか。

ティナが複数のお茶菓子を小皿に取り分け、椅子に腰かけながら抗議してきた。

「……御姉様は二冊目の課題用ノートもせっせとこなされています。あと、私の課題が基礎的なものばかりなのは何でですかっ！　これは贔屓《ひいき》ですっ！　ズルいですっ‼」

「ティナに必要なのは、自分自身の魔力をもっと上手《うま》く制御することですよ」

「う～……先生の意地悪……バカ……」

「あぅあぅ。テ、ティナ御嬢様《おじょうさま》、食べ過ぎですぅぅ」

薄蒼髪の公女殿下はお茶菓子をぱくつき始め、エリーがあわあわ。

本音なんだけどな。

リディヤを超える潜在魔力と圧倒的な知識量。そして——ひたむきさ。

ティナ・ハワード公女殿下は、間違いなく天才だ。

必要なのは、魔法を使えなかった時間を埋めることだけ。

僕は、未来の大魔法士様へ呆《あき》れた視線を向けている赤髪公女殿下に尋ねた。

「リィネ、次はどうしようか？」

「——双剣での『紅剣』を目指そう、と思っています」

リディヤから譲り受けた剣の鞘《さや》を叩《たた》き、淀《よど》みない返答。大人びた表情だ。

……ティナもそうだけど、女の子の成長は早過ぎるな。

「うん、良《よ》いかもね」

「有難《ありがと》うございます——兄様、私の野望を聞いていただけますか？」

「野望？」

リィネは大言を吐く子じゃない。

当代『剣姫』でもある姉のリディヤ。大陸屈指の剣士である母のリサ様。

そして、大陸最高峰の魔法士で『緋天《ひてん》』の異名を持つ祖母のリンジー様。

身内の存在から重圧を受けてきたせいか、『リンスター』にしては控えめだ。

――その子が『野望』という言葉を口にする、か。

赤髪の公女殿下は左手を自分の胸に押し当て、宣誓。

「私は、姉様の出来ることが全部出来るようになりたいんです。そうすれば、今回みたいなことが起きても……一人では難しいと思っています。でも、兄様の御力と――」

リィネはそこで口籠もり、ちらっとティナとエリーを見た。

「？　リィネ？？　何かついていますか？」「？　――あ」

薄蒼髪の公女殿下は自分の顔に触れ、ブロンドのメイドさんは得心した様子で手を合わせた。

――一人では難しくても、三人なら！　か。

大学校の後輩達を思い出す。あの子達も、みんなで成長していったっけ。

僕は左拳を突き出す。リィネも突き出してきたので、合わせる。

「そうだね。頑張ろうか。打倒、リディヤだ」

「——……はい、兄様♪」

ほんわかしていると、ティナが呻いた。

「むむむ……先生！　リィネ！　二人だけで通じ合わないでくださいっ！」

赤髪公女殿下の瞳に嗜虐《しぎゃく》。ここぞとばかりにティナを煽《あお》る。

「違います。兄様とだけでなく、エリーとも私は通じ合っています」

「……なっ？　エ、エリー？」

「え、えーっと……」

親友兼幼馴染のメイドさんの様子にティナが涙目になり、僕へ助けを求めてきた。

「…………せんせぃ」

「「——ぷっ」」

僕達は一斉に吹き出す。その様子を見て、ティナはジタバタ。

「ど、どうして、みんなで笑うんですかっ！　特に先生っ！　笑い過ぎですっ！」

僕は居住まいを正し、重々しく答える。

「勿論《もちろん》——久しぶりにティナの百面相が見たいからですよ」

「真面目に答えてくださいっ！　……先生のバカ。もう、知りませんっ！」

腕組みをし、ティナはそっぽを向いてしまった。

エリー、リィネが僕と目を合わせてくる。……あ。

「──お茶が足りないみたいですね。エリー、リィネ、取ってきてくれますか？」

「は、はひっ」「分かりました、兄様」

二人が内庭から離れ、病院内に入るのを確認した後──僕は静音魔法を張り巡らせ、公女殿下へ尋ねた。

「ティナ、身体《からだ》は本当に大丈夫ですか？　疲労があるのなら」

「……問題ありません。リディヤさんの方が大変です」

公女殿下は、姿勢を戻し僕に視線を合わせた。純粋な憂い。

憎まれ口を叩いていても、ティナは優しい子で、リディヤを尊敬してもいるのだ。

「……原因はこの子と同じでしょうか？」

ティナが右手の甲を見せてきた。

──八大精霊の一柱『氷鶴《ひょうかく》』の紋章が薄《うっす》らと浮かび上がる。

「分かりません。ただ、『炎麟《えんりん》』は力を使い過ぎて眠っているようです」

手を伸ばし、ティナの右手首に結ばれた蒼《あお》のリボンに触れると、表面に魔法式が浮かび上がってきた。

「心を落ち着かせる魔法式を込めたんですが……必要なかったかもしれませんね。僕が想像している以上に、ティナ・ハワード公女殿下は強い子でした」

「………強くなんか、ありません」

ティナは俯き、小さな身体を震わせた。拳を握り締め、本音を吐露する。

「『針海』を倒した夜に言いましたよね？　私は無邪気に信じていただけです。先生を、私に『魔法』を与えてくださった魔法使いさんを。それは強さなんかじゃありません」

ティナが顔を上げた。瞳には涙が滲《にじ》んでいる。

「私は、王都で黒い翼を生やしたリディヤさんを見た時、絶対に止めなきゃ！　と思いました。けど………同時に凄《すご》く凄く羨ましかったんです。先生だけを純粋に想《おも》っていることが痛いくらいに分かったから………」

「……ティナ」

少女の告白に、僕は名前を返すことしか出来ない。

公女殿下は蒼のリボンの結び目を解《ほど》き、僕に手渡してきた。

「──髪に結んでくださいますか？」

「……ええ」

リボンを受け取って、魔法で浄化し、ティナの前髪に編み込んでいく。

気分が高揚しているのか、美しい氷華《ひょうか》が飛び交う。

結び終えると、ティナがはにかんだ。

「えへへ……嬉《うれ》しいです。――……アレン」

静かに、けれど、強い意志を込め、少女は僕の名前を呼んだ。

右手を両手で強く強く握り締められ、胸に押し付けられる。

まるで祈るかのように、ティナは僕へ告白した。

「――何回でも、何十回でも、何百回でも、何千回でも、何万回でも繰り返します。私、今まで以上にもっともっと頑張ります。そして必ず、アレンに相応《ふさわ》しい女の子になってみせます。だから……どうか、見ていてくださいね？　リディヤさんにも、御姉様にも、カレンさんにも、エリーにも、リィネにも負けませんからっ！」

ティナの感情に反応し氷華が勢いを増した。内庭全体を包み込み、光彩が飛び交う。

――まったく、この子は本当に凄いな。

秘めた可能性に身震いしながらも、左手を振り、氷華を消す。

そして、天才少女の右手の甲を指で触れる。

「なら、次はその子を――『氷鶴』を感じ取ることを目標にしましょう。大精霊には意思があります。成長すれば何《い》れ《ず》は顕現させて、解放する術も解明出来ると思います」

ティナが手を伸ばし、僕の袖を摘まんだ。

「……一緒に、ですよね？」

「勿論。みんなには内緒なんですが、ティナ用の魔法も試作しているんです」

「私の⁉ ──……先生♪」

「おっと」

ティナが胸の中に飛び込んできた。この子も甘えたかったのだろう。

僕も軽く抱きしめようとし──

「きゃぅ！」「はーい、そこまでです」「……ティナ御嬢様、ズルいです」

石柱の陰に隠れていた、リィネとエリーが飛び出してきて、ティナを僕から引き離した。

赤髪公女殿下が腕組みし文句。

「少し気を遣ってみれば……あと、私の名前が最後なのは納得出来ませんっ！」

ティナは束《つか》の間、呆気《あっけ》に取られていたものの、すぐさま反論を開始した。

「ふっふーん。そんなの決まってます。リィネは『妹』枠だからですっ！　先生のこと、名前で呼んだことないですよね？　エリーもっ‼」

「「っ⁉」」

リィネとエリーが思わぬ反撃を喰《く》らい、よろめいた。

──うん。日常が戻ってきたな。

「うふふ～アレンさん、愛されてますね～☆」

「！……リリーさん、からかわないでください。リディヤはどうしたんですか？」

後ろから僕へ忍び寄っていたのは、リディヤに付き添っていた筈《はず》の年上メイドさんだった。手には硝子《ガラス》のティーポットが載ったトレイを持っている。

「お紅茶のお代わりをリィネ御嬢様に頼まれたので、診察が終わった後に別れました～♪　それとですねぇ──私も頑張りました！」

「？」

リリーさんはトレイに浮遊魔法をかけ、両手を合わせ、台詞《せりふ》を繰り返す。

「私も頑張りました！　お耳を★」

……嫌な予感がする。

同時に聞かないのも危険だ。意を決し、リリーさんへ耳を向ける。

「(父が最近五月蠅《うるさ》いんです。『いい加減メイドを辞め、婿を取れ！』と。面倒だったので、こう答えておきました。『アレン様に勝ったら良いです』って☆)」

僕は即座に厳格な判決を下した。

「リリーさん、有罪です……」

「む〜！　御嬢様方は甘やかすのに私は甘やかさないのは、ダメダメだと思います！」

「理屈が成り立ってませんっ！　アンナさんに報告しますっ！」

「⁉　アレンさんのいけず〜！」

「多数決です。僕の認識、間違っていませんよね？　ティナ、エリー、リィネ？」

「「「……はい」」」

じゃれ合っていたティナ達は声を合わせ、リリーさんの後ろへ回り込んだ。

「⁉　お、御嬢様《おじょうさま》方、ど、どうしたんですかぁ？」

「距離が」「近過ぎますっ！」「……リリー、何を耳打ちしていたのかしら？」

「……えへへぇ。あ、私、お仕事、思い出しちゃいましたぁ〜★」

リリーさんが逃走を開始し、三人が追っていく。平和だなぁ。

「……騒がしいわね」

検査を受けていたリディヤが、アトラを抱えて戻ってきた。

相変わらず、寝間着に僕の白シャツ姿で、完全に気を抜いている。

年上メイドさんが浮遊魔法をかけていたトレイを丸テーブルへ下ろす。

「おかえり。どうだった？」

「なんのもんだいもなーし」

「アトラ、本当かい？」

幼狐《ようこ》は僕の右肩に飛び乗り頬に顔を擦《こす》りつけてきた。

リディヤが前へ回り込み、唇を尖《とが》らせる。

「……私の言葉を信じないの？」

「やせ我慢するのが、僕の知っているリディヤ・リンスター公女殿下だしね」

「その台詞、そっくりそのまま——」「？」

僕達は同時に上空へ目をこらす——何かが降りてくる。

リディヤは僕が思っていることを口にした。

「蒼翠《そうすい》グリフォンね。で、この魔力」

「ステラとカレンだ。……何かあったのかな？」

アトラが僕の頬を前脚で押した。正解らしい。

リディヤが、リリーさんを追いかけていたティナ達へ鋭く指示する。

「あんた達！　遊んでないで医者を呼んできなさいっ！　リリー、治癒魔法の準備！」

「「！　はいっ‼」」「了解ですぅ～」

ティナ達は病院内へ飛び込み、リリーさんは治癒魔法を展開し始めた。

——姿がはっきりと見えてきた。

乗っているのは二人の少女。一人は白い軍服姿。ぐったりしている。

もう一人は王立学校の制服を着た、狼《おおかみ》族の少女だ。

烈風の中、僕は蒼翠グリフォンの手綱を握る少女の名前を大声で叫んだ。

「カレン！」

「兄さん！　ステラが、ステラが……‼」

＊

「ん…………」

目を開けると、私は大きなベッドに寝かされていた。

ベッド脇には微《かす》かな魔力の灯《あか》り。椅子には私の細剣と短杖《たんじょう》。

窓の外は夜の帳《とばり》が下り、星が瞬《またた》いている。

――病院？

隣からは規則正しい寝息。

信じられないくらいに綺麗《きれい》な寝顔の短い紅髪の美少女――リディヤさんが眠られていた。

私の足下では、幼狐のアトラちゃんが丸くなっている。

「え、っと……」

……私は、カレンやティナ達と『針海』が遺《のこ》した石化を浄化していて、それで。

静かにベッドから下りる。服も軍服から、白の寝間着に変わっていた。

「……誰かに着替えさせられた？」

独白し、魔力の灯りの下の手紙を手に取り確認。

――カレンの文字だ。

『ステラへ
お医者様の診断は過労ですって。要数日間の入院。
報告中に、いきなり倒れたから心臓が止まるかと思ったわ。
ティナ達の面倒は私とリンスターのメイドさんで見るから、ゆっくり休むように！
親友に頼られなくて不満なカレンより
追伸

着替えをさせたのは、私とエリーよ。……兄さんじゃなくて、残念だった？』


「もう。カレンたら……」

どうやら、私は倒れてしまったらしい。

北方ロストレイで骨竜と戦い、王都へ転戦。落ち着く間もなく、戦略転移魔法で東都へ。リディヤさんを止め、『針海』に挑み、戦後は東都の石化を浄化。

……思っていた以上に疲れが溜《た》まっていたのかも。

手紙を丁寧に畳んでテーブルへ置く。

楽しい夢を見ているのか、寝ぼけて尻尾を動かしているアトラちゃんにくすり、としながら廊下へ。扉は開いていた。

起きたら少しでも早く、隣のアレン様の病室へ行けるようにされているのだろう。

外に大樹の影。水と虫の音も合わさり幻想的だ。

ふと、思ってしまった。

もしかして——アレン様の寝顔を見られるかも？

「…………」

窓枠に手を置き、頭をぶんぶん、振る。
ス、ステラ、な、何を、何を考えているの⁉
そ、そんなことしていいわけが——……いい、わけが……わけが…………。
——魔力を探ってみる。
ここ数日はリリーさんが常に詰めている筈だけれど、気配はない。
「…………」
私は意を決し、隣の病室へ。心の中の天使が必死に訴えてくる。
『だ、駄目っ！　駄目よ、ステラ！　そんなことしたら、むぐっ！』
『今よ、ステラ！　アレン様の寝顔を見る好機は何度もないわっ！』
天使は悪魔に押さえつけられる。
……だって、だって、みたいんだもん。
アレン様の病室も扉が開いていた。そっと、中を覗《のぞ》き込む。
——……誰もいない。
ソファー近くの丸テーブル上には温かい光の魔力灯《まりょくとう》。古い文献とノートが見えた。
私は病室に入り、近くへ。棚の上に畳まれた洗濯物が視界を掠《かす》める。
「……………あ」

私はアレン様が普段着られている白シャツに目を奪われてしまう。

ふらふらと手を伸ばすと、再び、心中の天使と悪魔が言い争う。

『ステラ！　早まらないでっ！』

『ステラ！　今しかないわっ！』

──……悪魔の連勝。

私、絶対聖女になんてなれないわね。白シャツを手に取り、抱きかかえる。

「……えへへ」

たったそれだけのことで幸福に包まれてしまう。私は何て単純な女なんだろう。

そこで、更に悪いことを思いつく。

──カレンは王都でアレン様の下宿先に泊まる時、『妹の義務』で白シャツを寝間着にしている、と言っていた。

「え、あ……」

挙動不審気味に、キョロキョロ。だ、誰もいない、けど……で、でも……。

葛藤していると、三度心中の天使と悪魔が──

『『着てっ！』』

──……私は、そっと白シャツを羽織ってみた。

思っていたよりも…………ずっと大きい。

アレン様が異性であることを再認識し、頬が更に火照《ほて》り、魔力が漏れ光を放つ。

「…………」

私は両袖を握り締め、顔を埋《うず》めようとし——

「——ステラ?」

「!?!!」

寝間着姿のアレン様が、トレイを持ったまま入口で佇《たたず》まれていた。一気に頬が紅《あか》くなるのを感じながら、しどろもどろに言い訳。

「え、あ、あの、そ、その…………こ、これを着ると、凄《すご》く落ち着けて……あぅぅ……」

本音を漏らしてしまい、私は頭を抱えた。

何て失態っ! 嗚呼《ああ》……時間を戻せるのなら戻したい……。

くすくす、という笑い声。顔を上げると、アレン様が近づいてきた。

「リディヤとカレンも同じことを言っていましたね。夜は冷えるので、上着代わりにしてください。……体調は大丈夫ですか? 魔力が少し増えているみたいですけど」

「大丈夫——くしゅん」

窓から風が吹き、くしゃみをしてしまった。は、恥ずかしい……。

アレン様は何でもないように一言。

「丁度、温かいお茶を淹《い》れようとしていたんです。座ってください」

「……はい」

私はもじもじしながらも素直にソファーへ。

簡易キッチンでお茶を淹れてくださっているアレン様の背中に、浮き立つものを感じながら、丸テーブル上に目を落とした。

『蒼翠グリフォン　その生態について』『魔王戦争史』

分厚く古い専門書だ。視線を動かし、ノートを見やる。

そこに書かれていたのは、精緻極まるたくさんの魔法式だった。

「この御本とノートは……」

「ちょっとした調べ物です。ステラ、知っていましたか？　蒼翠グリフォンって大樹付近にしか生息していないそうです。この指輪の持ち主に、僕とアトラはもう一度、会いに行かないといけないんですが……少し大変そうです」

アレン様が振り返られると、右手薬指の指輪が煌《きら》めいた。

――母様と同じ姓を持つ伝説の大英雄、リナリア・エーテルハートの物。

心をざわつかせていると、アレン様は丸テーブルの上を片付け、トレイを置かれた。

「ノートはみんなの新しい課題ですね。母さんとカレンには秘密にしておいてください。面会も極力、来ないようにしてもらっているのに、怒られてしまいますから」

「そんな……」

私だって今は休んでほしいと思っているのに……。

けど――嬉《うれ》しい。自然と身体《からだ》が揺れてしまう。

ティーポットからお茶をカップに注《つ》ぎながら、アレン様は言葉を続けられた。

「活躍はティナとエリーから聞きました。流石《さすが》、王立学校生徒会長ステラ・ハワード公女殿下ですね」

「そんな……私なんて……」

俯《うつむ》き、気恥ずかしさで袖を握り締める。

「それと――大変、御心配をおかけしました。もう、大丈夫ですから」

「……っ」

「おっと――ステラ？」

立ち上がり、アレン様の胸へ飛び込む。……温かい。この方は生きている。

「――……心配、しました」

声がみっともなく震えてしまう。蓋をしていた想《おも》いが零《こぼ》れ、止められない。

「……東都からの一報が届いた時、一番取り乱してしまったのは私です。不安で、不安でしょうがなかった！　貴方《あなた》にもしものことがあったら、って……」

白いシャツが涙で濡《ぬ》れ、漏れた魔力が光を発する。

「──本当は、ユースティン帝国との戦いなんか構わず、すぐにでも東都へ……貴方を助けに行きたかった！　だけど──……分かっています。今の私じゃ…………貴方と一緒には戦えません。足手まといになるだけ…………結局、行かない、と決めました」

「…………ステラ」

顔を上げる。ティーポットやカップが魔法で浮かんでいた。

「でも……自分で行かない、と決めたのに……私、凄く嫌な子なんです。王国のこと、家のこと、ティナ達のこと……そういう大切にしてきたこと全部を投げ捨ててしまいたいって、何度も……何度も思ってしまいました。……ですが、だからこそ分かったんです」

涙を拭い、私の魔法使いさんを見つめ誓う。

「アレン様、次は私が貴方を守ります。そう──決めたんです！」

魔法使いさんは目をしばたたかせた。

暫《しば》くして――私の魔力を収められる。

「……困った生徒会長様ですね。けど、万が一そうなったらお願いします」

「はいっ！」

私は大きく頷《うなず》いた。

あ、今なら、甘えられるかも……。

アレン様が浮かべていたポットとカップを下ろしながら、小首を傾《かし》げられた。

「ステラ？　どうかしましたか？？」

意を決し、魔法使いさんの裾を摘まみ、上目遣いでおずおずと言葉を紡《つむ》ぐ。

「――……ア、アレン様、あの……わ、私、頑張りました」

「？　そうですね」

う～……気づいてくれない。恨めしく思いながら、勇気を振り絞る。

「だ、だから……あ、あの…………ご、御褒美《ほうび》、ほしい、です……」

「御褒美ですか？　具体的には？」

――脳裏に北都の駅で妄想した記憶。

『アレン様が私の執事になってくれたら？』

想いが口に出た。

「お、王都へ戻ったら、い、一日だけで良《い》いので……わ、私の、私だけの、その……し、執事さんに……あぅ……」

きっと今、私の頬は林檎《りんご》みたいに紅くなっている。

ソーサーの上にカップを置きながら、アレン様が呻《うめ》かれた。

「――……ステラ、もしかして、ティナ達に聞いたんですか？　僕は、もう二度と執事服は着ない、と……」

袖を摘まみ、我《わ》が儘《まま》を零す。

「……ダメ、でしょうか……？」

「…………」

無言でソーサーごとカップが差し出されたので、受け取る……落ち着く花の香り。

紅茶を飲む穏やかな時間。心が弾む。

――アレン様がカップを置かれた。

「はぁ……その顔は反則でしょう。分かりました。他ならぬステラのお願いですしね」

「！　ほ、本当です、ぁ」「……声が大きいです」

手で口を塞がれる――微《かす》かに人の気配。

アレン様が手を離し、片目を瞑《つぶ》られる。

「――ステラ。そろそろ休んでください。じゃないと、聞き耳を立てている隣の部屋の公女殿下が斬《き》り込んできそうです。あと、自称メイドさんも」

「え……？」

リディヤさん、起きて？　リリーさんも？？　耳元で囁《ささや》かれる。

「(ああ見えて、暴走の件ではステラ達に感謝しているんですよ)」

疑問が氷解。同時に……胸がチクリ、と痛んだ。

――アレン様とリディヤさんの間には強い絆《きずな》がある。リリーさんも信頼されている。

カップを丸テーブルに置き、会釈《えしゃく》。

「ありがとうございました。アレン様も早くお休みになってくださいね？　じゃないと、みんなに言いつけちゃいますから」

「それは怖い。僕ももう寝ます――おやすみなさい、ステラ」

「おやすみなさい、アレン様」


リディヤさんの病室へ戻り、ベッドに潜り込む。廊下には人の気配。リリーさんだろう。

アトラちゃんが寝ぼけながら動き、私のブランケットの中へ。

幼狐《ようこ》の温かさを感じながら、目を閉じる。

――静寂が病室内を包み込む。

風がそよぐ中、背を向けたまま唐突にリディヤさんが口を開かれた。

「――……言っておくけど、あいつは今も昔も私のよ。他を当たりなさい」

淡々とした、同時に強い確信を持った口調。

事実……そうなのだろう。でも、それでも！

「――……分かっています。現状、あの御方の隣に立つ資格を持っているのはリディヤさんだけです。けど」

羽織ってきてしまった白シャツの裾を握り締める。

「想いを寄せるのは私の意志です。負けません」

リディヤさんが微かに動かれるのが分かった。……笑われた？

「……そ。無駄な努力だと思うけど、精々頑張んなさい」

「はい。頑張ります」

今度は分かる。――苦笑されている。

「……調子が狂うわね。そういう子だったかしら？　考えてみれば、小《ち》っちゃいのの姉だもんね。ああ、そうだ」

「？」

身体を動かされ、背を向けられる。

「――……借りは返したから」

先程のアレン様の言葉を思い出す。あれで感謝しているんです。

だから、邪魔しなかった。リリーさんがいなかったのも……。

その間やきもきされていたのを想像してしまい――噴き出す。

「……ふふ」

「……何よ？」

低い声色。けど……全然怖くない。

私は寝返りを打ち、暗闇の中、睨《にら》んできている『剣姫』様へお願いした。

「リディヤさん、これからも仲良くしてくださいね。こ、恋敵、かもしれませんけど……私は貴女《あなた》を尊敬しています」

「………考えとくわ」

リディヤさんが照れるのが分かり、私も今度こそ眠るべく目を閉じた。

＊

「それじゃ、カレン。私とリディヤさんは紅茶を淹《い》れてくるわね」

「仕事をしないよう、ちゃんと見張っておきなさい。アトラ、行くわよ」

「……分かりました」「♪」

病室から、アトラを抱えたリディヤとステラが出て行く。

二人共、寝間着に僕の白シャツを羽織っている。……返ってくるかなぁ。

二人の足音と話す声、アトラのはしゃぐ気配が遠ざかっていく中、朝から着替えを届けに来てくれた僕の妹――カレンは、鞄《かばん》を抱えながら細目。

この後、ティナ達と市街地復旧作業に行くようで王立学校の制服姿。頭には半妖精族の花付軍帽を被《かぶ》り、腰には淡い紫鞘の短剣を提げている。

「……兄さん、ステラに何を言ったんですか？　あと、どうしてシャツを？」

僕はゆっくりと視線を逸《そ》らす。

ソファー近くの丸テーブルにはメモ紙やノート、封筒とペンが散乱している。

「昨日の夜、少し話したくらいだよ？　シャツは返してくれなくてさ」

「……う～」

カレンが不満気に唸《うな》り、鞄をソファーへ置いた。

窓の外からは初夏の心地よい風。蒼翠《そうすい》グリフォンの群れが遥《はる》か上空を旋回している。

妹の静かな要求。

「……兄さん、立ってください」

「うん？」

立ち上がると、カレンは後ろに回り込み――

「え？」

僕が普段着ている、魔法士のローブを被せてきた。

……ボロボロだったのに、綺麗《きれい》に仕立て直されている。

カレンは背中に頭をコツン。

「母さんと一緒に直しました。良かった……ぴったりです」

「……そっか」

二人共、昼間は東都復旧作業を手伝っていて、忙しい筈《はず》なのに。

妹が頭を押し付け、裾を握り締めながら甘えてくる。

「…………リディヤさんも、ステラもズルいです。私だって……私だって、兄さんとたくさんお話ししたいのに。兄さんは私の兄さんなんですよ……？」

「カレン」

振り返って、妹を優しく抱きしめる。

子供の頃と変わらない大きな瞳を覗《のぞ》き込む。

「大丈夫だよ。今はバタバタしているけど、落ち着いたらたくさん話そう」

「……兄さんは、そう言って、何時《いつ》も何時も忙しくされています。信じられません」

そう言いながら、カレンは胸に顔を埋《うず》めてきた。

花付帽子から覗く獣耳と尻尾が嬉《うれ》しそうに揺れている。

「そう言えば、カレン、制帽は見つかりそうにないのかい？」

「はい……この帽子はチセ・グレンビシー様にいただきました」

半妖精族の長にして、大英雄『流星』を支えた四人の分隊長の一人で、『花賢』の称号を持つ大魔法士に、か。僕の妹は凄《すご》い。

ただ、制帽がないのも困るかもしれない。なんとはなしに提案する。

「なら――僕が使っていたのを渡しておこうか？」

「！　兄さんのを、ですか？」

カレンの瞳が輝き、獣耳と尻尾の動きが激しくなった。

「王都へ帰ったら渡すよ。まだ綺麗だったし――……新しい物の方が良いなら」

「いります！　……座ってください」

促されソファーに座る。カレンもすぐさま隣に。

頭を肩にこてんと、ぶつけながら早口。

「そ、そういうことなら、兄さんの制帽は、妹の私が責任を持って引き取ります」

機嫌が直ったようで何より。幾分真面目な口調で現状を教えてくれる。

「東都の復興は確実に進んでいます。石化していた場所は、ステラや学校長のお陰で全部浄化されましたし、路《みち》や橋も大部分が復旧しました。人族の支援も手厚いです。……私達以外の人達も、大樹を心の支えにしていたんですね。知りませんでした」

「人族が？　そっか……」

叛乱《はんらん》は悲劇だった。けど、これを契機に、獣人と人との融和が進んでいってほしい。

――二度と僕達の幼馴染《おさななじみ》である『アトラ』のような悲劇が起きないように。

「王都にいる三大公爵家は、王都・東都間の鉄道と通信網復旧を急いでいるそうです……リディヤさんが破壊しました」

「……うん、リリーさんに教えてもらったよ。リサさんは？」

『悪魔』へと堕《お》ちかけたリディヤは、様々な物を破壊しながら東都へ到《いた》ったようだ。それでいて、死者は零《ゼロ》。昔、僕が強く言い過ぎたのを覚えていたのだろう。

「リサさんはうちに逗留《とうりゅう》されています。族長会議に進展はありません。内通者の猿族族長ニシキ、鼠《ねずみ》族族長ヨノの足取りもです。爵位欲しさに、新市街のみんなへ偽《にせ》情報を渡

したトネリ達は、自宅で謹慎しています」

カレンの声に怒りが交じり、紫電が飛ぶ。

頭をぽん。魔力が落ち着いてゆく。

「——……あと、『深紫《しんし》』と、水路から回収された『光盾《こうじゅん》』の短剣のことなんですが」

「？　ギルに返したんじゃ？」

——魔斧槍『深紫』。

オルグレン公爵家が代々受け継いできた、強大な雷を秘めた武具。

リディヤの暴走を止めた後、崩壊していた公爵家の屋敷《やしき》内から、『勇者』アリス・アルヴァーンが発見、カレンに渡してきたらしい。

僕とリディヤの大学校の後輩で、オルグレン公爵家四男のギル・オルグレンへ返却するよう言っておいたのだけれど……。

「受け取ってもらえませんでした。今はリサさんにお預けしています。短剣も同様です」

「……あの頑固者めっ！」

どうせ、僕と敵対したことを気に病んでいるのだろう。

……退院したら、話をしに行かないと。あいつは真面目過ぎる。

僕が決意を固めていると、カレンはテーブル上の手紙に興味を示した。

「フェリシア宛、ですか？」

「うん。あの子は南都で大分、無理をしているみたいなんだ」

――フェリシア・フォス。

ステラ、カレンの親友で人見知りな眼鏡をかけた女の子。

リンスター、ハワード両公爵家合同商社――通称『アレン商会』において番頭を務めてくれている才女。

商会に入る為《ため》、王立学校を退学し、叛乱劇に巻き込まれた。

……僕が『一緒に仕事をしませんか？』なんて言わなければ。

妹に手を握り締められる。

「兄さん、そんな顔をしないでください」

「……カレン、けど」

「フェリシアは強い子です。そして――兄さんのせいで巻き込まれた、なんて考えてもいません。『私は自分が今出来ることを全力でする！』と思って、行動しているだけです。……無理無茶しているのは、間違いありませんが」

僕は額と額を合わせる。

「ありがとう、カレン。僕の妹さんは世界で一番優しいね」

「当然です。私は、世界で唯《ただ》一人の兄さんの妹ですから！」

「「――ふふ」」

二人して笑い合う。僕等は背も伸び、魔法もたくさん使えるようになったかもしれない。

でも――昔と変わらず、僕等兄妹《きょうだい》は仲良しだ。

そのことが、それだけのことがとても嬉しい。

カレンも同じ想《おも》いなのか、子供の頃と同じ輝く笑顔を見せてくれる。

僕の手を握り締め、自分の頭へ持っていく。

「さ、手は此処《ここ》に。兄は妹を甘やかす。妹は兄に甘える。それが世界の理《ことわり》です」

＊

親愛なるフェリシアへ
天鷹商会のグリフォン便が一部復旧して、ようやく手紙を書いています。
僕もカレンもみんなも元気です（ステラも東都にいます。ティナは元気過ぎるかも）。

今、貴女《あなた》が思っていることを当てましょう。

『アレンさん、ちゃんと説明をしてくださいっ！』

……よくよく分かります。

けれど、僕も全容を未《いま》だ教えてもらっていません。

今、隣で紅茶を飲んでいるカレンとステラ曰《いわ》く――

『兄さんは全力で休まないとダメです』『アレン様は心と身体《からだ》を休めてください』

王立学校の生徒会長様と副生徒会長様にそう言われてしまえば、是非もありません（加えて、傍若無人な『剣姫』様にも睨《にら》まれています）。

――本題です。

僕は事が収まり次第、早い内に南都へ向かおうと思っています。

それまで無理無茶をしないようにしてください。

体調を優先すること。きちんと食べて寝ること。ベッドに資料や本を持ち込まないこと。

商会に入る際の『約束』、覚えていますね？

最後に感謝を。

フェリシア、貴女が南都でリンスター及び南方諸家の兵站《へいたん》業務を担《にな》わなければ、叛乱劇はもっと長引いたかもしれません。

貴女の懸命な仕事が東都の獣人族を、僕の『家族』を救ってくれたんです。
ありがとう――僕は貴女のしてくれたことを決して忘れない。
何時か必ずこの恩は返します。

二人の公女殿下と妹に手紙を見せるよう迫られているアレンより

追伸
隠れて仕事をしようとしても無駄です。
リンスターのメイド長であるアンナさんに、エマさんへの伝言を頼んでおきました。
――断片的な情報を聞く限り、侯国連合の動きには一貫性がありません。
内部の意見が割れているのでしょう。
なので……難しいことは偉い人達に任せてしまってください。
自分の仕事に専心を！　南都で会いましょう。

第2章

「……で、ワルター・ハワードと得体の知れぬ教授は、何を考えておるのだ、グラハム？　勝っておきながら白紙講和、しかも、途中で交渉役を交代だと？　ああ、建前は止《や》めよ。この場には現実を知る者しかおらぬ」

「それは、皇帝陛下の御考え次第でございましょう」

余の目の前に座る、仕立ての良《い》い礼服姿の老人――ハワード公爵家執事長にして、全権講和交渉担当官『深淵《しんえん》』グラハム・ウォーカーは柔和な表情を返してきた。

此処はユースティン帝国皇都、皇宮最奥《さいおう》の内庭。

この場にいるのは、ユースティン帝国皇帝である余、ユーリー・ユースティン。

後ろで腕組みをし、控えているのは見事な体躯《たいく》で、魔剣『陥城』を提げている帝国軍老大元帥モス・サックス。

古い長剣を椅子に立てかけ、無言で小鳥と戯《たわむ》れている長い白髪白ドレスの美女――先代

『勇者』オーレリア・アルヴァーン。

そして、グラハム。

……余以外は皆、人外の化け物共だ。

すぐにでも全てを投げ出してしまいたいが、是非も無し。

苦々しく思いながら、生ける伝説を睨みつける。

「……そのような答えなど求めておらぬ。知らぬ仲ではないのだ、グラハム。はっきり申せ。何なら、この場で余を暗殺してくれても良い。そちらから送り返された愚息のユージンは、案の定、貴族の馬鹿共と結託し謀叛《むほん》を起こそうとしておる。もう、余は疲れたのだ！　確かに若年のみぎりより、そこなモスと悪さも多少はしてきた。まぁ、七――いや、八割五分程は、モスの悪行と認定されるであろうが……」

「陛下っ！　冤罪《えんざい》でございますっ‼　グラハム殿、信じられませぬように‼」

莫逆《ばくぎゃく》の友が大声で叫ぶ。……もう良い歳《とし》だというのに、昔と変わらぬわな。

気怠《けだる》げに手を振り、続ける。

「……とにかく、だ。余はもう七十三ぞ？　にも拘《かかわ》らず、この歳になって今までの悪行の後始末をする羽目に陥るとは……同情するならば、ほれ、細首を落としてくれ」

「？　陛下の首は恐ろしく太ぅございますが？」

「ええぃっ！　黙れ、モスっ‼　静かにしていよっ」

老元帥を怒鳴りつける。視界の外れに、飛び去っていく小鳥の姿が見えた。

グラハムが品よく否定した。

「御冗談を。五百年前の大陸動乱を終わらせた英雄が一人『射手』の血を受け継ぐ貴方様《あなたさま》に手をかけるなど、滅相もございません」

――初代ユースティン皇帝は、星すら射抜いた恐るべき『射手』だったという。

余も若かりし頃は、弓に関してそれなりに鳴らしたが……自嘲する。

「……力は喪《うしな》われて久しいわ。我が一族中、実戦に通用するは、ヤナくらいであろう」

「ヤナ・ユースティン皇女殿下とフス・サックス殿は、陛下の御希望通り、北都でお寛《くつろ》ぎいただいております。先日は北都観光へお出かけになり、楽しまれた、と」

「……ふんっ」

旧帝国領ガロア南方の地――屈辱が刻み込まれたロストレイの地において、南方方面軍は、ハワード公爵家を主力とせし王国軍と会戦。

――結果は予想通りの惨敗《ざんぱい》。

軍は壊滅し、総指揮官を務めていた皇太子ユージンと今は亡《な》き妹の血筋であるヤナ。そしてモスの孫であるフスは虜囚の身となった。

ハワードは、すぐさま三人を送還してこようとしたが……余は愚息のみ、としたのだ。

居住まいを正し、要求する。

「グラハム・ウォーカー、ユトスティン帝国が皇帝、ユーリー・ユースティンが尋ねておるのだ。存念を申せ！」

「……此方《こちら》を」

老執事は目礼し書状を差し出してきた。

——裏にはハワードの紋章。

無造作に開け目を走らせる。……何だと。

「………どういうことだ？」

「と、申しますと？」

「我が軍は負けておる。後世の歴史家から酷評される程度には。軍の若造共は余を欺けている、と未だ思うておるようだが……南方方面軍は総崩れ。他方面軍をそちらへ振り向けたくとも、いきなり、とはいかぬ。特に……北と東は不可能だ」

「存じ上げております。貴国にとって、ララノア共和国は腹を裂いて勝手に出てきた仇《かたき》も同然。そこから、軍を引き抜く決断は難しいでしょうな。モス殿がいなければ侵攻を受けかねない程に、ララノア側は軍備増強に余念がないと聞いております。先だっても、国境沿いでいざこざが起こったとか？」

薄ら寒さを覚える。東北国境沿いで起こったラノアの叛徒《はんと》共相手の小規模戦闘の情報は、余とモスですら秘密会談前に聞いたばかりだ。

老執事は紅茶を飲みながら言葉を重ねてきた。

「故に――申し訳なきことながら、我が主、ワルター・ハワードが決断した場合、帝国南方は切り取り勝手。帝国軍の状態を推察するに、逐次投入しか決断出来ますまい。有象無象では、我が軍の相手をすることは困難かと――ふむ、良き茶葉ですな」

どっと、疲労感が増す。

軍主力をララノアの叛徒に張り付かせておかねばならない、帝国の地理的制約。

過去百年、大規模戦争を経験していない軍に対する過大評価。

二百年前の魔王戦争を、あわや人類側の敗北で終わらせかねなかった、オルグレンなぞという連中の甘言にのった……皇太子を含む間抜け共と、きゃつ等を誑《たぶら》かした忌々《いまいま》しき聖霊教。

余の老いと健康の不安を利用し、旨《うま》い汁だけを吸おうとしている腐り切った官僚達。

賢者は歴史に学び、かつ、自ら研鑽《けんさん》を止めず。

愚者は歴史を軽んじ、自分に酔い、驕《おご》り、歩みを止める。

勝てぬのも道理だわな。

「……分かっておる。モスと軍主力を投入出来ぬ我が方に勝機はない。だからこそ分からぬ。何故《なぜ》だ？　何故、ハワード公は白紙講和をそこまで急がれる？　しかも――」

先程、渡された書状をテーブルに置く。簡潔な一文。

『掃除すべきは狂信的な聖霊教』

余はグラハムへ問う。

「ハワード公と教授は、王国はそれ程までに、彼奴等《きゃつ》を脅威に感じておるというのか？」

「――貴国、侯国連合、聖霊騎士団、更には、ララノア共和国までもが、一連の叛乱に乗じ介入して参りました。それらを結び付けたのは」

「………聖霊教の害虫共、ということか。モス」

「急ぎ、軍内部を洗いまする」

後方の老元帥はすぐさま応じた。

よもや、あの口を開けば『聖霊がそれを望んでおられる！』なぞという戯言《たわごと》を吐く、愚者共が――……そこで、余は気付いた。

ユースティン、ウェインライト、侯国連合は大陸西方における三列強。

ララノアをも含めれば四強国が、聖霊教の掌《てのひら》の上で踊らされた、ということになる。

この図を戦前に描いた者あらば……いや、まさかな。


そのようなことが出来たとしたら人間業ではない。


会談開始以降、一言も発していない白髪の美女へ確認する。

「オーレリア殿、講和について何かあるか？」

「――アルヴァーンは人同士の争いに関与しませぬ。帝国内で『嵐』が吹き荒れようとも、我等《ら》は役割を果たすのみ。東方に出向いている当代もそう言われるでしょう」

感情の乏しい声が発せられた。余は鼻白む。

アルヴァーンは『勇者』の一族。

たとえ、皇都で血の雨が降ろうとも介入はしまい。

何もかもが嫌になり、短い夏が過ぎ去りつつある庭内へ視線を向け、グラハムへ通達。

「――委細承知。ただし、近日中に我が国内が荒れようとも、介入しないでもらいたい」

「承りました。我が主に間違いなくお伝えいたします」

グラハムは恭《うやうや》しく、一礼した。

……面白くないの。モスより受けた報告を思い出す。

此度《こたび》の叛乱劇において、王国には新たな英雄が誕生したようでございます。そして、ハワードは大魔法について探っている由《よし》。

「いや、一点だけ、変更願いたい」

「……と、言いますと？」

老執事が目を細めた。後方のモスも臨戦態勢を取ったのが分かる。

「ガロアと国境を接する、シキの地を王国へ割譲したい」

「陛下……」

「よい、分かっておる。これだけでは納得すまい」

グラハムの言葉を遮る。シキの地の大部分は深い森林地帯。人口も乏しく少数民族が住まうのみで資源も皆無。割譲したとしても、帝国の国力に何ら影響は与えぬ。

……が、国内の叛徒共には余に対する格好の攻撃理由となろう。

あの手の連中は、他国へ寸土すらも渡すことを好まぬ。

異論を叫ぶ者は皆《みな》『敵』と認定出来る。

同時に……重荷となりつつあるハワード家との国境地帯を明け渡し、南方地帯を整理すれば時間を稼げよう。統治には金・時間・手間がかかるものだ。

そして、ハワードが統治に時間を費やしている内に、帝国内部を改革。

態勢を整えた、余の跡継ぎ達がハワードとの再戦に臨む。

無論、そのようなことは見透かされておる。

だが……余はグラハムへユースティンの故事を披露した。

「シキは——余の祖先が『墜星』を射抜いた地。大魔法を探るのであれば、何か得られるかもしれぬぞ？」

「！　何と……」

老執事の片眉が上がる。

暫《しば》しの沈黙の後——『深淵《しんえん》』は口を開いた。

「……この場での返答は出来かねます。継続協議という形で如何《いかが》でしょうか？」

「よかろう」

彼《か》の地は故事こそあれ、詳細な調査により何もないことを確認している。

手を出してくれれば、良し。出してくれなくとも、交渉材料には出来よう。

椅子の背もたれに肥えた身体《からだ》を預け、名を呼ぶ。

「——グラハム」

「何でございましょう」

「倍……いや、十倍払う。爵位も皇族以外は思いのまま。帝国で働くのはどうか？」

「お断りいたします。それに、誘う相手を間違《まちご》うておられます」

余は思わず振り返り、モスと視線を合わせる。

珍しいことにオーレリアまでもが驚いていた。

「はっ！　ハワードの屋台骨であるお主以外に、そのような人材がそうそういて――」

『深淵』グラハム・ウォーカーの目は笑っていなかった。

顔を歪《ゆが》め、吐き捨てる。

「……誰なのだ、その怪物は。余は長くあるまい。土産を寄こせ！　新たな極致魔法の使い手が出現した、という話と繋《つな》がっておるのだろう？　骨竜を討ち、ロストレイを浄化したというハワードの『聖女』か？」

「名を明かすことは出来ませぬ。が――我等はその御方に大恩がございます。領土なぞでは到底返しきれない程の大恩が。陛下ならばご存じでございましょう？　ティナ・ハワード公女殿下の話を」

「……魔法を一切使えぬ娘のことか」

「今では――極致魔法を自在に使いこなされています」

モスが呻《うめ》き、余の中で点と点が繋がっていく。

——此度の叛乱で誕生した新たな英雄。

オーレリアも微《かす》かに目を細め、余は重く嘆息。

「…………なるほど。理解した。が、グラハムよ。一つ間違いがあるな」

「はて？　なんでございましょうや？」

「決まっておろうが。くっくっくっ……」

魔王戦争の輝かしい武勲により、大陸全土に名を轟《とどろ》かせ、此度の戦役においても『軍神健在』を喧伝《けんでん》してみせたハワードが大恩を感じる相手。

——それすなわち、

「その奴《やつ》……今、そちが名を秘しても、間違いなく今後の大陸上に名を轟かせることになろう。かつての英雄達のように、何《いず》れ誰も彼もが謳《うた》うこととなる。余もそれまで、どうにか生き永らえることとしよう——……帝国の大掃除をしながらな」

＊

僕が入院して早一週間。本日は光曜日。

体調も戻り、何時退院しても良いのだけれど……広い内庭に置かれた屋根付きの木製ベンチに座りながら、独白を零《こぼ》す。

「許可が下りないんだよなぁ……」

僕は余程無理をする、と思われているようだ。

テーブル上のノートにペンを置き、身体を伸ばす。

木々の翠《みどり》が夏の暑さを緩和。花々が咲き誇っていて、心が和む。穏やかな昼下がりだ。

原因不明の魔力増加と、それに伴う体調不良で入院継続となったステラは、リディヤと飲み物を取りに行ってくれている。アトラも懐《なつ》いていて、ずっと傍《そば》を離れない。

体調不良の件は心配だけれど、偶《たま》にはこういう時間を持つのも悪くはないかな？

「アレンさん、どうかされたんですかぁ？　はい、新しいノートです♪」

「ありがとうございます、リリーさん」

「いえ～♪　私はメイドさんですから☆」

そう言ってリリーさんは、僕の真正面に腰かけた。

年上メイドさんが、興味深そうに僕のノートを覗《のぞ》き込む。

「ティナ御嬢様《おじょうさま》達の課題ですか？」

「当たりです。みんなには『休めー休めー』と言われ、母さんや父さんも気を遣って来られないくらい、面会の人も制限されてしまっているので、時間を持て余しているんですよ。加えて、教え子達の成長が早過ぎて、課題が間に合っていないんです」

現在、僕が家庭教師をしているのは、ティナ、エリー、リィネ、ステラの四人。

叛乱勃発前に持たせた課題ノートをあの子達は、全て解き終わってしまった。

成長してくれるのは嬉《うれ》しいけれど、僕が並走出来なくちゃ笑い話になってしまう。

リリーさんがテーブルに頬杖《ほおづえ》をついた。

「大変ですねぇ～。ところでアレンさん、私も魔法式を新しくしたいです♪」

「……話を聞いてましたか？　第一、貴女《あなた》は僕より強いでしょう？」

リンスター公爵家メイド隊の席次は完全実力主義。

その第三席ともなれば、コネや家柄で就けるものじゃないのだ。

リリーさんは子供みたいに大きく頬を膨らました。

「あたらしくしたいんですぅ～！　試作されているやつじゃなくていいですからぁ～！」

「……はぁ。分かりました、分かりました」

僕は右手を振り、現状、僕が使っている基礎魔法式を展開させた。

リリーさんが目を走らせる。

やがて、嬉しそうに顔を綻ばせた。

「ありがとうございます♪　後で試してみますね」

「そうしてください。五年前よりは大分良くなっていると思います」

「はい♪　うふふ～☆」

「……貴女だけですよ、僕の魔法式をそのまま使いこなすのは。リディヤや大学校の後輩達だって、使えないのに」

——僕の魔法式は一般のそれとは異なり、精霊に任せる白紙部分が多い。

結果、安定性という面では通常魔法式に比べ幾分か劣り、使いこなす為《ため》には個々人に合わせた調整が必要になる。

これは、リディヤや、大学校の後輩であるテト、魔法制御の面では僕に最も近いだろうエリーも同様だ。

——唯《ただ》一人、僕が使っている魔法式を改良せず使用しているのが、目の前で早速、魔法式の練習をしている年上メイドさん。理由は不明。

南都を一緒に冒険した時も、すぐ使えるようになったんだよなぁ。魔力も繋いでいないのに、不思議だ。

僕はリリーさんへ静かに要求した。

「魔法式を教えた代わりに、知っている現状を教えてくれますか？　病院にいると情報が限られるので……わざとでしょうけど」

「わざとです★　少しだけですよ？」

リリーさんが『第三席』の顔になり、教えてくれる。

「王国東方を守護していたオルグレン公爵家と、東方の主だった貴族達は事実上壊滅状態です。その為、『流星旅団』と副メイド長達は東方国境に張り付いています」

道理でリリーさん以外の席次持ちのメイドさんを見ないわけだ……。

叛乱《はんらん》が鎮圧されても、問題だらけ、か。

「聖霊騎士団に何か動きは？」

「ありません。軍だけを配備して完全沈黙みたいです」

魔法式を消し、素直に聞いてみる。

「リリーさんが残られているのは……護衛役も兼ねて、ですか？」

この年上メイドさんは、僕達が入院して以来、ずっと病院に詰めてくれている。

──リディヤ直属の護衛に指名されているのだろう。

すると、リリーさんは両手で頬杖をついた。

「そうですよぉ～♪　凄《すご》く凄く心配なのでぇ。志願しましたぁ☆」

「……魔力減衰したままですしね」

リディヤの不調は変わらず。回復する兆《きざ》しはない。リサさんが不安なのも分かる。

年上メイドさんの表情は変わらず、ただ僕を見つめている。

前髪へ手を伸ばす。

「アレンさん？」

「髪留めが曲がっていて——はい、直りました」

「——……えへへ♪　ありがとうございます☆」

リリーさんは目をパチクリさせた後、身体を左右に揺らした。

僕も自然と笑みになりながらも、話を戻す。

「それにしても……ルブフェーラ公爵家と西方諸家が動くとは思いませんでした。しかも、かの『翠風《すいふう》』様や『花賢《かけん》』様のような英雄の方々まで参戦されるなんて……」

ルブフェーラ公爵家と西方諸家は血河《けつが》を挟み、二百年に亘《わた》り魔族と対峙《たいじ》している。

本来、軍を動かすことなき存在なのだ。

そして——『翠風』レティシア・ルブフェーラ。

二百年前の魔王戦争において、狼《おおかみ》族の大英雄『流星』の副官だった歴戦の勇士。

魔王本人とすら刃を交えた経験を持つ、先々代ルブフェーラ公爵だ。

『流星』が遺《のこ》した『古き誓約』による参戦、とは聞いたけれど、獣人族が望んだのは東都奪還だったのだろうな――

「あ～……それはですねぇ……」

「リリー、余計なことを言うんじゃないわよ」「リリーさん、駄目です」

リディヤとステラが戻ってきて、果実水が入った硝子瓶《ガラスびん》とグラスをテーブルに置いた。

僕を挟むように椅子へ腰かける。二人共、昨日、王都から届いた紅《あか》と蒼《あお》の私服姿だ。

グリフォンを用いた物資輸送は、少しずつ平時に戻っているのだろう。

……出来れば手紙もそうなっていてほしい。南都のフェリシアには届いただろうか？

幼狐姿《ようこすがた》のアトラが、ステラの膝上に飛び乗った。

上機嫌な様子でちょこん。可愛《かわい》い。

リリーさんが顔をリディヤとステラへ近づける。

「(リディヤ御嬢様、ステラ御嬢様、伝えちゃ駄目なんですかぁ？　ルブフェーラへの願いはアレン様の救出要請だったってぇ)」

「(当然。決定的な時に、バラした方がいいわ。……何を話していたの？)」

「(アレン様が気に病まれてしまいますし。……後で聞かせてくださいね)」

「(お、御二人共、怖いですぅ……)」

三人の公女殿下達が目の前で内緒話をしている。……いや、何さ？

訝《いぶか》し気にリディヤを見つめるもお澄まし顔。視線で『果実水、注《つ》いで！』。

グラスに注ぎ、リリーさんへ質問。

「他の戦況は何か聞いていますか？」

「北方のユースティンとは～……ステラ御嬢様？」

「講和が成立したみたいです。悪い内容ではないと思います。教授が交渉役だったので。問題は……南方かと」

ステラが話を続けリディヤをちらり。

短い紅髪の公女殿下はあっけらかん。

「戦況そのものは圧倒しているわよ。御祖母様《おばあさま》が前線指揮を執られ、御祖父様《おじいさま》が後方を統括されているのよ？　本営にはサーシャとフェリシアも詰めていた」

『緋天《ひてん》』リンジー・リンスター前公爵夫人と、リーン・リンスター前公爵殿下。

以前、南都でお会いする機会があったけれど……御二人共ただ者じゃなかった。

そして、フェリシアと、リチャードの婚約者でもある、サーシャ・サイクス伯爵令嬢。

内外の戦場で、リンスターが負けるとは思えない。

僕はグラスを公女殿下達へ配り、言葉を零す。

「けれど、戦いが終わらない、と……リディヤ、リアム様は東都へ来そうにないね」

「でしょうね。魔王軍は動く気配がないようだけれど、西方国境の戦力は半減してる。ルブフェーラ公もすぐ自領へ戻られるんじゃない？　──はい、もう終わり！」

「アレン様は心と身体《からだ》をお休めになってください。……その、わ、私と一緒に」

「……ステラ？　いい度胸ね？」

「本心ですから」

「アレンさ～ん♪　さっきの魔法式なんですけどぉ～」

「「抜け駆けは禁止！」」

一気に騒がしくなる。三人でこうなら、退院した後は大変だろうな。

──リディヤの魔力減衰。ステラの魔力異常。ギルの処遇。

調べなきゃならないことが増えていく。

でもまぁ……うん、何時《いつ》ものこと。ようやく戻ってきた日常だ。

僕は頬杖をつき、三人の公女殿下のじゃれ合いを眺めるのだった。

＊

「こんなものかしらね、ステラ?」

「そうですね、リディヤさん。リリーさん、上着を取ってください」

「はい～♪　アレン様、めっ！　です。動かないでください☆」

「………………もう、好きにしてください」


翌日夕刻。

エルフの病院長から、ようやく退院の許可を貰った僕は、病室内でリディヤとステラ、そしてリリーさんの着せ替え人形と化していた。

……こういう時、逆らうのは悪手なのだ。

なお、リディヤとステラにも退院の許可が出た。

問題は二人共まだ治ってはいない——相方に頬を抓《つね》られる。

「なーに、暗い顔をしているのよ?」

「いやでも……君とステラの体調は」

「問題ないわよ。だって」

「あ！」「きゃ～☆」

ステラが驚き、リリーさんは歓声をあげる。

——リディヤは僕と額を合わせた。

「あんたがいるもの。ね？　そうでしょ？」

「……あ～うん」

「返事が遅い！」

「リ、リディヤさん！　わ、私達も着替えをしないと……」

言い淀《いよど》んでいるとステラが口を挟んできた。

リディヤが僕から離れる。

「——そうね。リリー、手伝いなさい」

「はい～」

「ア、アレン様……わ、わたしも」

「？　ステラ？」

生徒会長さんが僕に上目遣い。言葉を待ち見つめる。

頬が見る見る内に赤く染まり、僕の袖を摘まんでくる。

「え……あ、あの……う～……」

「ステラ！　早く来なさい」

「！　は、はいっ！　そ、それじゃ、アレン様、行ってきます」

廊下からリディヤに呼びかけられ、ステラは慌てて出ていった。純白のリボンで結ばれた、長く美しい蒼白髪が翻《ひるがえ》り、光が散る。

病室内の片づけは済んでいる為《ため》、手持ち無沙汰だ。

残っているのは、椅子に立てかけてある魔剣『篝狐《こうこ》』と魔杖《まじょう》『銀華《ぎんか》』。それに、僕の着替えが入った鞄《かばん》だけ。

試作しておいたアンコさんの真似《まね》っこである収納魔法へ魔剣と魔杖を仕舞う。

便利だけれど、それ自体に魔力がないと取り出せなくなるし、魔法式は書けても、原理が不明。今度、後輩達に研究してもらおうかな？

僕はベッドの上にちょこんと座っている幼狐のアトラを抱きかかえ、窓の傍《そば》へ。

「よっ、と」

自分自身に浮遊魔法をかけ、屋根の上に降り立つ。

獣耳をピコピコ動かしアトラが僕を見たので「落ちないようにね？」と注意。

屋根の上に下ろし、片膝をついて座りこむ。

夕陽《ゆうひ》に染まっていく東都の街並みを眺める。

未《いま》だ所々焼け落ちたり、破壊されたりしたままの家屋。

……中には僕達が『閃雷《せんらい》』で吹き飛ばしたものもあるのだろう。

遠くからは駅舎の鐘の音。夕陽に照らされた大樹も美しく、見飽きない。
突然、アトラが僕の周りを駆け始める。
「どうかしたかい？」
幼狐は器用に僕の右肩によじ登り、一鳴き。『上を見て？』
空を見上げると――フワフワ、と必死に羽ばたく毛玉が見えた。
以前出会い、面会にも来てくれた蒼翠《そうすい》グリフォンの雛《ひな》のようだ。
疑問を覚えながら、風魔法と浮遊魔法を発動し補助する。
雛の羽ばたきが安定。やがて、僕の腕の中に着地した。
「♪」「！　‼　‼」
嬉《うれ》しそうに身体を震わす雛。
それを興味深そうに見つめた後、『そこは私の場所！』と言わんばかりに鳴く幼狐。
雛を屋根に降ろすと、二匹は仲良く遊び始めた。
……この子が来た、ということは。
上空に魔力反応。一頭の首の長い蒼翠グリフォンと、二頭のグリフォンが見えた。
蒼翠グリフォンに乗っているのは――薄紫の作務衣《さむえ》を着たカレンだ。
着地の突風を魔法で制御。アトラと雛が落ちないようにしつつ、立ち上がる。

母グリフォンが首を伸ばしてきたので、雛を咥《くわ》えさせ、下りてきた妹へ質問。

「カレン、いったいどうしたんだい？」

「兄さんを迎えに来ました！」

「いや、歩いて帰るよ？　そんなに遠くない――」

答え終わる前に、上空から声が降ってきた。アトラが腕を抜け出し、右肩へ移動。

「せんせ～い」「あにさま～」

ティナとリィネを乗せている二頭のグリフォンが屋根に行儀よく着地。

淡い蒼と紅の作務衣を着た二人の公女殿下も飛び降りる。

「ティナ、リィネも来てくれたんですか。ありがとうございます。その作務衣は？」

薄蒼の前髪が立ち上がり、ティナは胸を張る。

「ふっふ～ん。そんなの当然ですっ！　先生は東都を救われた英雄なんですよ？　通りを歩かれたら、大変！」

「まさか……いや、そんなことは」

「ありますっ！」

勢いに押され二の句が継げない。リィネも言葉を続けてきた。

「作務衣はダグさんが届けてくださいました。『普段着る物が必要だろうが』って。獣人族の皆さんにお声がけしてくださったみたいです」

「ダグさんが？」

僕は目を丸くする。カレンをちらり。妹が頷《うなず》いた。

前獺《かわうそ》族副族長で、僕にとっては祖父同然の老獺を思い浮かべる。早い内に御礼《おれい》を言いに行かないと。

屋根の下からリディヤの低い声とステラの声が聞こえた。

「……ねぇ」「アレン様！」

「ああ、ごめん」

浮遊魔法をリディヤとステラにかけ、屋根の上へ。

二人共、紅白と蒼白《そうはく》を基調とした私服姿。手には小さな鞄を持っている。

「むむ～！　私にだけかけないなんて、意地悪さんですぅ～！　とうっ～」

リリーさんが叫び、僕の鞄を持って窓の外へ飛び出し、

「「「!?」」」

入院中、魔法式だけ教えた試製二属性上級補助魔法『天風飛跳《てんぷうひちょう》』を発動。

空中を蹴り一回転しながら屋根に着地した。

アトラと雛が獣耳と尻尾、羽をパタパタさせ興奮している。教育に悪い！

「ふっふ～ん♪　お待たせしましたぁ～☆」

ティナ達が不満を表明。

「……先生」「……兄様」「……アレン様」「……兄さんの」

「気にしたら負けです」「気にしたら負けよ」

僕とリディヤはそう言う他ない。

――リリーさんは、魔法を再現してみせるのが恐ろしく早いのだ。

肩からアトラが飛び降り、年上メイドさんへ駆け寄った。

ティナが気を取り直し、僕の手を引く。

「ほら、行きましょう、先生！　私のグリフォンに乗って――」

「ティナ、私と乗りましょう」

ステラが言葉を遮り、妹の手を取った。

僕とカレンだけに見えるよう、微笑《ほほえ》む。気遣いが出来る聖女様だ。

「お、御姉様⁉　は、放してください。わ、私は先生と～！」

「いいから。――譲る時は譲れるようにならないと駄目よ？」

暴れるティナを諭しながら、軍用グリフォンへ向かっていく。

次いで、リィネが咳払《せきばら》い。

「まったく、子供ですね……こ、こほん。兄様、私と一緒に――」

「リィネ、行くわよ」

「！　あ、姉様⁉　わ、私は兄様と～」

リディヤがリィネの手を引っ張っていく。妹がポツリ。

「こ、こういう時だけ、お、大人の顔になるんですから……」

リディヤはカレンを可愛《かわい》がっているのだ。

自分の両頬をパシッ、と叩《たた》き、妹はお澄まし顔を見せた
「さ、兄さん、行きましょう。乗る際はちゃんと私に摑《つか》まってくださいね？」

「えーっと……僕が前に」

カレンが一歩近寄り、背伸びをしてきた。鼻と鼻がぶつかりそうだ。

「に・い・さ・ん？　返事をしてください」

「……ハイ」

両手を掲げ、降伏。可愛い妹に対しては、僕に勝ち目などない。

アトラを自分の頭の上に乗せ、リリーさんが挙手した。

「アレンさん、私はアトラちゃんと走っていきます～♪　新しい魔法を試したいので☆」

「いや、乗っていきませんか？」「……兄さん？」

カレンの鋭い視線が突き刺さる。うぅ。

――魔力の高まり。

「うふふ～♪　お先ですぅ～☆　アトラちゃん、いっきますすよぉぉぉ～！」

「！　♪　☆」

年上メイドさんが大跳躍。屋根から屋根へと、凄《すご》い速度で移動していく。

……あの魔法、物凄く燃費悪いんだけどな。

カレンが僕の肩に自分の頭を乗せ、ポツリ。

「リリーさん、不思議な人ですね」

「……悪い人じゃないんだけどね」

――突風が吹き荒れる。

二頭の軍用グリフォンが飛び立ち、旋回しながら高度を上げていく。

妹の頭に手を、ぽん。

「僕等も行こうか？」

「――はい、兄さん」

＊

僕達の実家がある獣人族旧市街は、上空から見ても、かなりの被害を受けていた。

……復旧するのに、どれだけの時間がかかるのだろう。

やや暗い気持ちになっていると、上機嫌なカレンが振り向いた。風魔法を効かせている為、話すことに支障はない。

「兄さん、もう着きますよ」

「うん」

僕はもふもふな雛を抱えながら答えた。

眼下に実家が見えてくる。家屋に目立った破損は見受けられない。

叛乱《はんらん》初日、僕とカレンが聖霊教異端審問官達と交戦した際に生じた穴も、埋め戻されているようだ。

広い内庭には、大きなテーブルや鉄板。

十数脚の椅子が置かれ、残留しているリンスターのメイドさん達が忙《せわ》しなく動き回っている。アンナさんはいるようだけど、母さんや父さん、リサさん、エリーの姿もなし。

リディヤ達は僕達よりも先に到着。リリーさんもいる。……早過ぎやしません？

そうこうしている内に母グリフォンが羽ばたき、穏やかに着地。

降り易《やす》いよう、わざわざ屈《かが》んでくれた。雛を背中へ。

「ありがとう」「ありがとうございます」

兄妹揃《きょうだいそろ》って御礼を言い、地面へ。すぐ幼狐《ようこ》が、僕に飛びついてきた。

「おっと、アトラ。散歩は楽しかったかい？」

「♪」

頭を擦《こす》りつけてきた。面白かったらしい。

報告し終えると、母グリフォンによじ登り、雛と遊び始めた。

「せんせい～」「兄様」

ティナ達も手を振りながらこっちへやって来る。

──……さて、と。

僕は内庭の様子──テーブルの上には豪華な料理の数々と、飲み物の硝子瓶《ガラスびん》が置かれ、
メイドさん達が生き生きと仕事をしているのを眺め、やや引き攣《つ》った声を発した。

「これはいったい……」

「そんなの決まっているじゃありませんか」「先生の退院のお祝いですっ！」

カレンは僕へ寄り添い、ティナが胸を張った。リィネが教えてくれる。

「母様とお義母様《かあさま》が張り切られて。姉様とステラ様にも相談していたんですよ？」

「なっ……」

僕はステラと連れ立ってやって来たリディヤを見やる。どういうことさ？

「だって話したら、あんたは断ったでしょう？」

「アレン様、本当はもっと盛大に、というお話だったんですよ？」

「……そう、ですか」

二人のダメ押しに、僕は何も言えなくなってしまう。

屋敷《やしき》の中から、小さな年代物の眼鏡をかけ、エプロンを着けた狼《おおかみ》族の男性――父さんのナタンとメイド服のエリーが大皿を持って出てきた。

――視線が交錯。

父さんは穏やかな表情のまま微《かす》かに頷き、鉄板の前へ。焼き手をするようだ。

対してエリーは僕の姿を認め駆けてくる。

ハラハラしながら見ていると、転ばずに目の前へ。ティナ、リィネ、カレンが顔を見合わせ「……やっぱりこれは」「ええ」「審議が必要です」内緒話を開始した。

「ア、アレン先生、おかえりなさい！　えと、えと……み、見てください♪」

そう言いながら大皿を見せてきた。

大きな魚が丸々一匹焼かれ、美味《おい》しそうな透明な餡《あん》がかかっている。

「これは凄いですね……エリーが作ってくれたんですか？」

「はひっ！　御母様とリサ様、アンナさん達と一緒に。面会へ行った時、リリーさんにもたくさん教えてもらいました！」

ただただ純粋なエリーの想《おも》いが伝わってくる。この天使だけは僕が守らねばっ！

決意を固めていると、料理やお皿等を配膳していたリリーさんが手をぶんぶんし、

「アレンさん～！　私も褒めて、むぐっ」

「そこまでです★」

メイド長のアンナさんに拘束された。

リンスター公爵家メイド隊の上位三人の内、二人がこの場にいるのか。

東方国境に派遣されている人も含めたら……いや、止《や》めよう。心労が増す。

僕はエリーを促した。

「ありがとうございます。嬉《うれ》しいです。テーブルへ置きましょうか？」

「はい♪」

天使は嬉しそうにテーブルへ向かった。ティナ達は依然として、ぶつぶつ。

リディヤが僕の左腕を拘束し、ステラが袖を摘まんできた。

「明日は私も作るわ」「……わ、私も……あの……」

二人の公女殿下に料理を作ってもらえる時点で、大概だな。

返答しようとした時——お揃いのエプロンを身に着けた小柄な狼族の女性と、長い紅髪の美女が内庭へ出てきた。場がやや緊張を帯びる。

母のエリンとリサ・リンスター公爵夫人だ。

リディヤとステラが僕から離れ、ティナ達も後ろへ一歩下がる。

僕の姿を認め、母さんは目を大きくし、早歩きで此方《こちら》へ。

そして、僕を力いっぱい、ぎゅーっと抱きしめてきた。

頭や頬に触れ確認。納得した後——笑み。

「おかえりなさい、アレン。痛い所はないわね？？　我慢してもいないわね？？」

「大丈夫だよ、母さん。…………えっと、心配かけて」

「だーめ」

優しく頭を撫《な》でられる。

みんなの視線を感じるも……甘んじて受ける。

「今日はお祝いなのよ～？　ほ～ら、笑って。ね？」

「……うん」

頷《うなず》き、ぎこちなく笑うと、ようやく母さんが放してくれた。

今度は、リサさんに優しく抱き締められる。

「――アレン」

『！』

リディヤ達の驚く気配が伝わってくるものの、う、動けない……。

そんな中、母さんは、

「あらあら？　可愛い貴女《あなた》はどなたかしらぁ～？」

アトラに話しかけているようだ。面会も制限されていたし、直接話すのは初めてか。

前『剣姫』にして、リンスター公爵夫人は僕の両手を握り締めた。瞳には涙。

「………また、貴方《あなた》に助けられてしまったわ。リチャードのこと。そして、リディヤのこと。有難《ありがと》う。本当に有難う。私の息子と娘を救ってくれて……リサ・リンスターはこの大恩を忘れない。ふふ……生きている内に、返しきれるかしらね？」

リサさんは自分の息子、娘達を愛しておられるのだ。

「御礼を言うのは僕の方です。リチャードには本当に助けられました。きっと、会ったら怒られると思います。それに……リディヤを救ったのは、ティナ達です」

「そんなことはないわ。――ね？　リディヤ？」

様子を覗《うかが》っていた愛娘《まなむすめ》にリサさんが同意を迫った。

紅髪の少女はしどろもどろに答え、爆発。

「…………そうです、けど。お、御母様っ！　い、いい加減、離れてくださいっ‼　そいつは、私のなんですっ！！！！」

「うふふ……どうしようかしら ぁ？」

「うぅ～……」

珍しく敗色濃厚なリディヤの様子を見て、ティナ達は目をパチクリさせ、

「「「「ぷっ」」」」

「！　あ、あんたたちっ……だ、だからぁ、は、離れてくださいっ！　もうっ！」

リディヤがティナ達を睨《にら》み、リサさんに駄々をこねる。

……僕は帰ってこられたんだな。

父さんが大きな声で呼びかけた。

「――さぁ！　皆さん、グラスを御手に」

リンスターのメイドさん達が飲み物の栓を開けていく。

僕達にはエリーが、白ワインのグラスを届けてくれた。

「リサ様、お義母様、アレン先生、リディヤ先生、お飲み物をどうぞ♪」

次いでティナ達にも果実水を手渡していく。メイドの鑑《かがみ》だなぁ。

この場にいる全員へ行き渡ったのを確認し、父さんはグラスを挙げた。

「堅苦しい挨拶は抜きとしましょう。こうして、僕達の息子も無事帰ってきてくれました。

皆様の尽力に感謝を――乾杯！」

『乾杯！』

みんなで一斉にグラスを掲げ、飲み干す。歓声と拍手が自然に沸き上がった。


父さんの挨拶の後は和やかな宴会。

ティナ、リィネ、エリーの年下三人娘は鉄板の前に陣取っている。

「エリー、リィネ、このお肉と野菜、凄《すご》く美味しいわよっ！　品種は何なのかしら。後で、
お母様に聞かなく――あ！　そ、それは私が狙っていたお肉！」

「早い者勝ち――そ、それは、私のお魚っ！」

「台詞《せりふ》を返します。早い者勝ちですっ！」

「「っ！」」

「あぅあぅ。け、喧嘩《けんか》は、だ、駄目ですよぉぉ」

「たくさんありますからね。焦《あせ》らずに食べてください」

「「「は～い」」」

父さんに窘《たしな》められ、ティナ達は素直に返事をした。

少し離れた場所では、緊張した様子のステラと母さんが座り談笑している。

「あ、あの……その…………おか――……………エ、エリン様……！」

「な～に？　ステラちゃん」

「い、いえ………こ、この御料理、とても美味しいですね！」

「うふふ～♪　ありがとぉ。これはアレンが子供の頃から大好きで――」

この二人は何の問題もないだろう。

対して、エリーの魚料理を挟み、リディヤとカレンは睨み合っている。

「リディヤさん……みんなに心配をかけたこと、猛省してくださいね？　オルグレンの屋敷での戦い、あれは私達の勝ちですから」

リディヤがナイフで魚を見事に切り分け、小皿へ載せ、妹へ差し出した。

「カレン、義姉《あね》にそんな態度を取っていいと考えているの？　それと、弱体化し切っていた私に刹那の優位を得ただけで満足するなんて……はぁ、嘆かわしい」

受け取り、紫電を飛ばしながらカレンが言い放つ。

「私に、義姉は、いませんっ！　…………御身体《おからだ》の方は大丈夫なんですか？」

「──バカね」

本気で心配している妹へ、短い紅髪の公女殿下は不敵。

「大丈夫に決まっているでしょう？　ようやく義姉を敬う心が染《し》みついてきたようね？　素直で可愛《かわい》い義妹《いもうと》は好きよ」

「ち、違いますっ！　兄さんは私のですっ‼　リディヤさんにはあげませんっ‼」

「はいはい」

「はい、は一回ですっ！」

椅子に座り苦笑していると、隣の椅子にリリーさんが腰かけた。

テーブルの下で、雛《ひな》と遊んでいたアトラがスカートをよじ登り、年上メイドさんの膝上で丸くなる。僕は疑問を口にした。

「……何時《いつ》の間に、アトラと仲良くなったんですか？」

「うふふ♪　アレンさんが、リディヤ御嬢様《おじょうさま》と一緒にお昼寝されていた～」

「あーあーあー！」

咄嗟《とっさ》に声を出す。

……良かった。誰にも気付かれなかったようだ。釘《くぎ》をさしておく。

「あまり、アトラに変なことを教えないでくださいね？」

「む！　どういう意味ですかぁ～」

「そのままの意味――」

「？　アレンさん？？」

僕はすっ、と手を下へ下ろした。

――微《かす》かな重み。

戻すと、そこにいたのは小さな黒猫。虚空《こくう》から封筒が出現した。

「？　アンコさんの遣い猫？？」

「アレンさ～ん？」

リリーさんが訴えてくるも、僕は封筒を開け、中身に目を走らせた。

小さな黒猫は手から飛び降り、リディヤの方へ。

――差出人はテト・ティヘリナ。僕とリディヤの大学校の後輩だ。

他の研究生達と、王都でシェリル・ウェインライト王女殿下を護衛しているらしい。

『教授は北都です――鉄道が復旧し次第、王女殿下と東都へ行きます』

こんな厄介事に関わってほしくはないのだけれど……思考を巡らす。

「……教授の……いや、アンコさんか。なら、わっ！」

視界の外れに、猫から手紙を受け取ったリディヤが目に入るも、リリーさんがいきなり目を手で覆ってきたので遮られる。

「リ、リリーさん？　あ、あのですね……」

「うふふ～♪　女の子の話を聞かない、年下の男の子はこうですぅ～★　……折角、二人でお話し出来る機会なんですよ？」

意外と寂しがり屋なのも、リディヤと似ている。

僕は両手を上げた。

「……分かりました。それじゃ、お話ししましょうか？」

手が外される。リリー・リンスター公女殿下は頰杖《ほおづえ》をつき、満足そうに頷いた。

「分かればいいです。新しい魔法も教えてください。炎系の結界が良いです♪」

「……メイドさんの仰《おお》せのままに」

＊

「よっ、と」「――♪」
腕の中のリディヤをベッドへ下ろす。
あどけない笑み。頰に触れるとくすぐったそうに身をよじった。
隣にはすやすや眠っているティナ。夢を見ているのか、
「せんせぃ、エリー、リィネェ……」
寝言をむにゃむにゃ。
隣の大きなベッドからも、規則正しい静かな寝息。
エリーとリィネ、ステラとカレンが四人並んで寝ている。
足下にはアトラと遣い猫の丸玉。頰が緩む。
僕はリディヤとティナにブランケットをかけ直し、立ち上がる。
魔力灯《まりょくとう》の下の内庭に人の気配はない。蒼翠《そうすい》グリフォンの親子も帰っていった。
――宴会の後半戦は字義通り混沌《こんとん》としていた。
間違ってお酒を飲んだり、飲み過ぎたりして酔っ払った、僕へ詰め寄る教え子達と妹。

『せんせぃ～。せんせぃは～せんせぃはぁ～……わたしのことをどう思って……』

『ア、アレンせんせぃ……わ、私、いい子にしていました！　褒めてほしいです……』

『あにさまぁ……リィネのことも、少しはみてください……』

『………アレン……さま……わ、わたしも、膝枕………』

『兄さんはリディヤさんとステラに甘過ぎます！　一番甘やかすのは妹である私じゃないといけません！　さ、早く撫《な》でてくださいっ!!!』

修羅場の中、一人幸せそうに僕の膝に頭を乗せ、いち早く寝てしまったリディヤ。

その近くではリリーさんが、アンナさんから拘束。

『む～む～む～！！！！』

『リリー、駄目です★』

メイドさん達は母さんとリサさんの膝上でじゃれ合う、アトラ、蒼翠グリフォンの雛、遣い猫の姿を映像宝珠へ収めていた。

『あらあら、まぁまぁ♪』『ふふ……』

『く、くぅ！』『……か、可愛さの上限が、み、見えません……』『私の膝にも乗ってくれないでしょうか……』『今年度の映像大賞可愛い部門は、もらったかもしれません！』

……………本当に酷《ひど》かったなぁ。

でも、母さんの歌は綺麗《きれい》だった。一族代表の詠《うた》い手だった、というのも納得だ。

「ん～……」

身体を伸ばす。六人を一人ずつ所謂《いわゆる》お姫様抱っこで運んだせいか、少し疲れた。

廊下からリリーさんが、ぴょこんと顔を出した。髪を下ろし、白の寝間着姿だ。

手には、赤ワインとおつまみが入った小さな籐籠《とうかご》を持っている。

「アレンさん、見繕ってきました♪　……でも、すぐお休みにならないとダメですよ？」

僕は籠を受け取り、御礼《おれい》を述べた。髪を下ろしているのは初めて見るので、新鮮だ。

「ありがとうございます。後輩へ手紙を書いたら寝ますよ」

「……本当ですかぁ？」

「本当です。本当です。僕が、リリーさんに嘘《うそ》を言ったことなんかないでしょう？」

「嘘吐《うそつ》き★　信じてほしいのならぁ……え、えっと……わ、私の寝間着………」

快活なリリーさんが珍しく口籠もり、両手の指を弄《いじ》りながら、強い視線で訴えてきた。

素直に感想を伝える。

「寝間着、可愛らしいですね」

「！　……えへへ～ありがとうございます☆」

ふわり、と花が咲いたような笑顔になり、リリーさんは両頬を押さえた。

リディヤ、リィネと同じく前髪が立ち上がり、左右に揺れている。

上機嫌な年上メイドさんは、そのままリディヤとティナのブランケットに潜り込む。

「――おやすみなさい～♪　ぽかぽか、ですぅ～☆」

「おやすみなさい。また明日」


内庭に残してもらった椅子に座り、丸テーブルに籐籠を置く。

グラスに南都産の赤ワインを注《つ》ぎながら、テト宛の手紙の文面を考える。

……伝えたいことが多過ぎるな。口頭じゃないと話せない内容も。

アンコさんの遣い猫に託せば、道中で誰かに読まれる危険性はない。

けれど、届いた後、意図せず読まれてしまう可能性もある。

と言うか……シェリルなら読むし、とてもじゃないが、リディヤ暴走の顛末《てんまつ》なんて書けない。直接伝えるべきだろう。

ワインを飲む――……信じられないくらいに豊潤。

きっとリサさんがお選びになったのだろう。

夜涼みしながら文面を考えていると、内庭に誰かの気配。

「――アレン」

「父さん、起きてたの？」

やって来たのは父のナタンだった。寝間着代わりの作務衣《さむえ》を着ている。

「ああ。目が冴《さ》えてしまってね。座ってもいいかな？」

「うん」

父さんは僕の前の椅子に腰かけた。贔屓目《ひいきめ》抜きにカッコいい。

予備のグラスを籠から取り出し、聞く。

「ワイン、飲む？」

「いただくよ」

赤ワインをグラスに注ぎ、父さんへ差し出す。

グラスを合わせ、今晩何度目か分からない乾杯。

一口飲んだ父さんが、僕を静かに見つめる。

「？　何かついてる？？」

両頬や口元に触れるとも、感触なし。小首を傾《かし》げていると、父さんは目を細めた。

「……夢が叶《かな》った、と思ってね。君と一対一でお酒を飲むのは、僕の念願だった」

「…………」

気恥ずかしくなり僕は視線を逸《そ》らした。手慰みにペンを持ち、くるくる回す。

「誰かに手紙を書いていたのかい？」

「あ、うん。大学校の後輩に。でも、文章が全然まとまらないんだ」

「そういう時もあるさ。一晩寝ると、良い言葉が浮かんだりするよ」

「……父さんも経験が？」

「昔はエリンにたくさん手紙を書いたからね」

父さんと母さんは昔、大陸中を旅したらしい。

僕を拾い、東都へ留《とど》まることを決め、魔道具職人になった後も父さんは何度か遠方へ出かけていたことを、薄《うっす》らと覚えている。ああ、そうだ。

「父さん、時計って直せる？　リディヤの懐中時計、調子が悪いみたいなんだ」

「さっき、長い紅髪の……リリーさんにも同じことを聞かれたよ。丁度良いから、君のも見せてごらん。魔道具についてもたくさん質問された。真面目で良い方だね」

「へぇ……」

リリー・リンスター『公女殿下』だよ、とは言わない方がいいな、うん。

——無言でワインを飲み、チーズや炒《い》った豆を食べる。

嫌な時間じゃなく、心地よい。微《かす》かに吹く風が木々を揺らす。夏もそろそろ終わりだ。

王立学校は何時再開出来るんだろうか？　学校長に聞いておかないと。

父さんが丸テーブルにグラスを置いた。

「――アレン」

優しく穏やかな笑み。

……ただ、目には涙が光っている。

「君は本当に……本当に大きくなったね。あの小さな赤ん坊が、こんなに立派になるなんて思わなかった」

真正面からの賞賛に照れてしまう。

「……僕は父さんと母さんの息子だから。もし、僕が立派に見えるのなら、それは間違いなく父さん達のお陰だと思うよ」

「そんなことはない。そんなことはないよ、アレン。君は今回、自分の命を賭《と》して多くの人達を救ってみせただけでなく――東都をも救ったんだ。それは、誰にでも出来ることじゃない。僕とエリンは君を誇りに思うし、褒めてあげたいとも思う。……けれどね」

父さんの表情に影。月が雲に隠れ、暗闇が濃くなった。

「――僕は君の父親だ。君に、僕の、僕達の想《おも》いは伝えておかねばならない」

声色から察する。

父はこれを伝える為《ため》だけにわざわざ来たのだと。

「君も知っての通り……僕は狼《おおかみ》族に生まれながら戦う力がない。幼い頃から、槍術《そうじゅつ》も、体術も、魔法もからっきし駄目でね。エリンの方が強いかもしれない」

父さんは職人としては超一流だけれど、荒事を得手にしていないし、好んでもいない。

「そんな僕が唯一人並みだったのは、本を読むことだった。たくさん読んだものだよ。歴史書や旅行記、偉人伝や技術書――だからこそ知っていることもある」

幼い頃、僕は父さんの書斎で本を読むことの楽しみに気づいた。

夜眠る前、そこで習い覚えた昔話や英雄譚《たん》をカレンに聞かせたのは、良《い》い思い出だ。

父さんが僕と視線を合わせた――……そこにあるのは強い憂い。

「アレン、君は多くの人達から慕われている。素晴らしい才能もある。王国は今後大きく変わっていくだろう。その流れの中で……君が放っておかれるとは、僕には思えない」

「……買い被《かぶ》り過ぎですよ。王国にはもっと凄《すご》い人達がたくさんいます」

リディヤ・リンスターとティナ・ハワード。

――僕が知る本物の『天才』。

今はまだ、僕でも隣を歩けるし、手を引ける。

でも……近い将来、彼女達は遥《はる》か先へ進んでいくだろう。

エリー、リィネ、ステラ、カレン、大学校の後輩達だってそうだ。

僕の才が、彼女、彼に勝っていると思ったことは――一度としてない。

父さんは視線を逸らし、俯《うつむ》いた。

「……君が入院している間、僕とエリンはたくさんの人達に、君のことを聞かれたよ。皆、君を心配し、以前の行動を悔いている様子だった。リチャード殿や、ロロさん、ダグさんに何度頭を下げられたと思う？　リサ・リンスター公爵夫人も、エリンの手を握り締めて涙を流し謝ってくれた。気づく人は気づいているんだよ、アレン。君は獣人の枠に収まりきる子じゃない――……英雄になる宿命を背負っている」

「………………」

僕は沈黙以外の答えを持たない。父さんが顔を上げた。

大粒の涙が頬を伝っていく。

「だが……同時に僕は知っている。英雄の多くは志半ばで倒れ、死すことを」

内庭に月光が降り注ぐ。どうやら……雲が晴れたようだ。

「以前、話したね？　君の名前は、二百年前の魔王戦争における狼族の大英雄『流星』からもらった。エリンも僕も彼の昔話が大好きで……君にもそうなってほしい、と願ったんだ。大英雄になる前の彼みたいに」

『流星』は誰からも……それこそ、敵からも慕われる存在だった、と伝承されている。

昔、母さんと父さんの膝上で聞いた。

父さんが最早《もはや》感情を隠さず、必死に想いを伝えてくる。

「アレン。僕もエリンも、ただ君が健やかに、幸せに生きていってくれれば、それ以上望むことは何一つとしてない！　大樹や獣人族の未来とだって、君が犠牲になるならば、到底釣り合わないと思っている……英雄になんか、ならなくていい。なる必要はないっ！」

僕は神という存在を信じてなどいない。

でも………血の繋《つな》がってない僕を愛してくれた父さんと母さんの息子にしてくれたことには感謝する他ない。言葉を振り絞る。

「………父さん、僕は」

その時だった。

普段に比べて、遥かに弱々しい、けれど誰よりも慣れ親しんだ魔力。

そして、静かな……激情を含んだ声が耳朶《じだ》を打った。

「──……お話中のところ、申し訳ありません」

内庭へ出てきて、僕の隣へ立ったのはリディヤだった。靴も履かず、裸足《はだし》だ。

父さんだけを真っすぐ見つめ語り始める。

「……お義父様《とうさま》がご心配なさるのも御無理はありません。確かに私とアレンはこの四年間、多くの戦場を駆けてきました。その中で怪我《けが》を負うこともあったのは事実です。それは全て私の不甲斐《ふがい》なさ故………申し訳ありません」

「リディヤ！　そんなことは──」「黙って！」

細く痩せた手に制される。

短い紅髪の公女殿下が言葉を重ねる。

「私はアレンに命を救われました。真っ暗な闇の中、歩き方すら分からなかった私はこの人と出会って、初めて……初めて前へ進むことが出来たんです……。お義父様」

「「！」」

僕達が驚く中、リディヤが──……リンスター公女殿下が父さんに向かって、両膝をつき、手を祈るように組んだ。

「今度は私が命を懸けてアレンを守ります。だから……だからっ！　これからも、一緒に歩むことをどうか御許しください。お願いします。お願い、します…………私は、私はもう、一人じゃ、一歩も、一歩たりとも、歩けないんです…………」


後半の声は掠《かす》れ、涙が零《こぼ》れ落《お》ち、地面に跡をつけていく。

僕は立ち上がってリディヤの手を取り、起き上がらせ、肩を抱いた。

少女は僕の胸の中で啜《すす》り泣《な》く。父さんに会釈《えしゃく》。

「父さん……有難《ありがと》うございます。僕は、父さんと母さんの息子になれたことを、心の底から誇りに思っています。でも──……でも、大丈夫です。貴方《あなた》達の教えは常に、僕の心の中にありますから。道を間違えたりはしません」

「……アレン」

「──……リディヤさんだけじゃありません」

「ティナ？　リリーさん？」

家の柱の陰から姿を現したのは、寝間着姿の二人の公女殿下。

ティナはリディヤと同じく裸足のまま内庭へ降り立った。

そのまま中央へ進み、振り返る。

「リリーさん、お願いします」

「はい～」

リリーさんが大きく両手を振った。

内庭全体を囲むように、炎花が拡散。結界を形成していく。

ティナは右手を高く掲げた。強大な魔力の鼓動。

「これは……」

父さんが眼前の光景に感嘆し、言葉を喪《うしな》った。

――ティナの生み出した無数の氷華《ひょうか》が月光を乱反射させている。

僕はリリーさんをちらり。これ、僕がさっき試作した結界じゃ？

年上メイドさんは綺麗《きれい》な笑み。……まったく。

ティナが左手で胸を押さえ、父さんに告白する。

「……私、つい数ヶ月前まで魔法が一切使えなかったんです。幼い頃から、頑張って、頑張って、頑張って……でも、魔法は使えるようにならなかった……家のみんなには、明るく振舞っていましたけど、私は内心、もう諦めてしまっていたんです。『公爵家に生まれたのに、私は一生魔法が使えないままなんだろう』って……」

薄蒼《あお》髪の公女殿下は自嘲した。

――『魔法が使えない公女殿下』。

それが、どれ程の重圧だったか僕には見当もつかない。

リディヤが僕の胸に爪を立ててきた。……思うところがあるのだろう。

微かな笑い声。ティナが顔を綻ばせた。

「そんな時――偶々《たまたま》参加した王宮舞踏会で、リディヤさんから先生のお話を聞いたんです。『私の相棒は世界で一番凄いんだからっ！』って。…………お話は本当でした」

凛《りん》とし、背筋を伸ばす。

――大人びた顔。震える声で、訴える。

「先生は……アレンは、私に…………『ハワードの忌《い》み子』と呼ばれていたこんな私にっ！……本物の『魔法』を与えてくださいました。感謝しても、感謝してもし切れません。今でも、全部夢なんじゃ？　って思って夜中に目が覚めます。でも……でもっ！　まだ、私は何も、何一つとして御返し出来ていないんです。これは私だけじゃなく、エリーも、

リィネも、姉も同じです。お義父様、身勝手な願いだと分かっています。どうか、どうか……どうかっ！　私に、私達に恩返しをする時を与えてくださいませんか………？」

――氷華がティナの感情に合わせ、荒れ狂う。

僕は右手を振り、結界を喰《く》い破らないよう制御し、リリーさんも結界を強化。

父さんが眼鏡を外し、涙を指で拭った。

「リディヤ・リンスター公女殿下、ティナ・ハワード公女殿下」

「「……はい」」

リディヤが顔を上げ、ティナも緊張した面持ちで言葉を待つ。

父さんはその場で立ち上がり、深々と頭を下げた。

「――……僕の息子をこれからもよろしくお願いします。誰に似たのか、無理をしがちなので、そういう時は多少手荒でも構いません、止めてやってください」

「！　と、父さん⁉」

僕が慌てる中、リディヤとティナは口を手で押さえ立ち竦《すく》んだ。

言葉の意味を噛《か》み締め――

「「……はい♪」」

大輪の花が咲いたような笑みになった。

リディヤが腕組みをし、ティナをちらり。

「お義父様……小《ち》っちゃいのはいなくて大丈夫です。私だけで十分なので」

「なぁっ⁉　そ、そうやって、言ってられるのも今の内ですっ！　すぐ、すーぐ、追いつきますっ‼」

ティナが近づいてきて、リディヤに喰ってかかった。

対して短い紅髪の公女殿下は不思議そうな顔をし、勝ち誇る。

「すぐ？　――ああ、千年後の話ね。精々頑張りなさい」

「うぐぐぐ……先生がいないと、泣いちゃうくせに！」

「……言ったわね」

「言いましたっ！」

二人の公女殿下が取っ組み合いを始める。結局こうなるのか！

呆《あき》れていると結界が解けていく。リリーさんの口が動いた。『一つ貸しです★』

「ふふ……英雄譚《たん》通りだね」

「？」

顔を上げ、小首を傾《かし》げる。父さんは慈愛の目で僕を見つめた。

「『流星』には二人の副官がいた──『彗星《すいせい》』と『三日月』というね。そして、彼女達も、彼の育ての両親に誓ったそうだよ。『私達が守り抜いてみせる』と。……その誓いは果たされなかったけれど、君達なら大丈夫さ。僕はそう信じている」

*

自称『一般人』を名乗る後輩さんへ

やぁ、テト。元気にしているかい。
君の台詞《せりふ》を当ててみせよう。
『アレン先輩、無理無茶をしましたね……何回目ですか？』
怒らないでほしいな。止《や》むに止まれずだったんだよ。
僕もリディヤも無事だから、心配しないでおくれ。
──西都から王都まで妹のカレンを守ってくれてありがとう。
来年、君の後輩になる予定なんだ。その時もどうかよろしく。
手紙を読んだのだけれど、君達が臨時でシェリルの護衛につくって本当なのかい？

……悪いことは言わない。

どうにかして辞退するんだ！　胃に穴が空いてしまうよ？

彼女は真面目で、正義感に溢《あふ》れ、行動力もある。……少しあり過ぎる。

もっと、分かり易《やす》く書こうか。

——シェリル王女殿下はね、王立学校時代、リディヤよりも多くの建物を破壊している。

当時の僕の苦労を察してほしい。賢明な判断を期待するよ。

鉄道の復旧は難航しているようだけど……東都で会おう。

獣人市街で僕の名前を出してくれれば、実家はすぐ分かると思う。

研究室のみんなには、くれぐれも自重するように、と伝えておくれ。


研究室内で唯一『一般人』を名乗れるアレンより

追伸
ギルのことは心配しなくていい。
僕が何とかしてみせるよ。

第3章

「おい、聞いたか？　王都・東都間の鉄道復旧が終わったらしい」

「ってことは……いよいよ、三大公爵様達が来られるのか」

「先遣部隊は、既に東都を通り過ぎて東方国境へ向かったそうだぞ」

「鎮圧から十日か。オルグレンも終わりだな。その前に族長会議が再開されるだろう」


東都、獣人族新市街大通り。

フード付き外套《がいとう》を羽織り、目的地に向かって歩いていると、魔力灯《まりょくとう》の下で昨今の情勢について雑談する獣人やエルフ、ドワーフ、人族の声が耳に入った。

拳を握り締め、近くの路地へ入る。

長い黒髪で私と同じ褐色の肌に、花柄着物姿の南方系長身美人――つい先日、再会した姉のモミジが、隣から心配そうに話しかけてきた。

「……コノハ、大丈夫？　顔色が真っ青よ？」

「……大丈夫、です。急ぎましょう」

「…………」

「大丈夫です。……大丈夫」

姉の心配を痛いほど感じつつも、辛《かろ》うじて返答する。

『原則此度《こたび》の叛乱《はんらん》に関与せし者は、その処罰が決定するまで外出を禁ず』

叛乱鎮圧後、王命として伝達された条項は破りたくないし、諍《いさか》いも起こしたくない。

ただでさえ、私の主様――オルグレン公爵家四男、ギル・オルグレン公子《こうし》殿下の立場は、極めて微妙。

護衛兼メイドの私がこうして外出していることだって、ぎりぎりの行動なのだ。

無論――私の主様は、こんな愚かしい叛乱に直接関与していない。

内容も事前に知らされず、屋敷《やしき》内で軟禁状態だった。……私が無理矢理軟禁した。

けれど……歯を食い縛り、左手の母の遺《のこ》した腕輪を痛い程、握り締める。

姉が回り込み、肩を摑《つか》んだ。

「コノハ。少し休みましょう。旦那様なら、遅れても怒りはしないわ」

「……心象を悪くしたくありません。姉さんの旦那様は、アレン様の友人と聞いています。何発か殴られるのも覚悟しています」

「そんなことはないわよ……」

此度の叛乱において、最大の功労者は誰なのか？

寡兵、絶対不利の戦況の中、獅子奮迅《ししふんじん》の活躍をし、獣人族自警団と連携して大樹を守り抜いた近衛《このえ》騎士団か？

その精鋭を不屈の精神で率いたリチャード・リンスター公子殿下か？

最終局面において、獣人との『古き誓約』を果たしに、遠く王国西方より遥々《はるばる》遠征してきた古強者達を率いし、伝説の『翠風《すいふう》』と『流星旅団』の分隊長達か？

――……東都の住民達の予測は違う。

私は姉の昔と変わらない宝石みたいな瞳を見つめ、力なく笑う。

「……アレン様は叛乱鎮圧の最大の功労者なんです。皆、それ相応の地位に昇られる、と思っています。そして、ギル様は……そんな御方を一度は倒してしまわれた。理由は私がしくじり、人質に取られたからです。殴られても文句は言えません」

戦闘後のギル様の姿は瞼《まぶた》の裏に焼き付いている。

まるで――途方に暮れる迷子の子供のようだった。

そして、それは今でも変わっていない。

昏睡《こんすい》状態のギド・オルグレン老公をお救いし、叛乱の表向きの総大将であるグラントを打ち倒し、聖霊教に関わっていたグレゴリーをも追い詰める功績を挙げてなお……あの御方は自責の念で、殆《ほと》ど食事も取らない日々を送られている。

私は項垂《うなだ》れ、肩を落とした。

「……けど、今のオルグレンを助けてくれる家など、東都にはありません。ハークレイ、ヘイデン、ザニの三伯爵家も蟄居《ちっきょ》中。財産も退去する人達に持たせてしまいました。もう、姉さんに頼るしかなくて……本当に、ごめんなさい……」

「――馬鹿な子ね」

姉さんが私の両手を強く握り締めてきた。瞳には大粒の涙。今にも泣きだしそうだ。

「妹の頼みを聞くなんて当たり前じゃない。旦那様には私からも頼んでみるわ」

「……ありがとう……」

私は辛うじて感謝の言葉を振り絞る。油断したら……泣いてしまいそうだ。

視線を合わせ、姉が提案してきた。

「ねぇ……いっそアレン様と直接お話ししてみない？　あの御方ならきっと、事情を話せば理解してくださるわ」

確かにそうだろう。何しろ、倒される直前にギル様へ『コノハさんは味方だよ』とわざわざ言う程のお人好《ひとよ》しだ。でも……。

「さっきも言ったように、今やあの方は、東都で誰もが知る英雄になられました。病院での面会も極度に制限されていますし、ご実家の周りも厳重に警備されています。まず会えないでしょう。ギル様も絶対にお会いにならないと思います……」

姉が心配そうに私を見つめる。

「…………コノハ」

「……行きましょう」

私は再び歩き出した。急げば、約束の時間に間に合うだろう。

——自分がどうすればいいのか。未《いま》だ心は定まっていなかった。

*

東都郊外オルグレン公爵家別邸。

食料を分けてもらい、そこへ私が戻ったのは夜半過ぎだった。

「……ふぅ」

息を吐き、多重発動していた認識阻害を注意深く切りフードを取る。

『コノハ、水路に落ちたりしたら危ないわ』

そう言われて、姉から持たされた小さな魔力灯を手に、私は階段を上っていく。

屋敷内の空気は、夏とは思えない程冷たい。

窓の外の通りに人気はないが……間違いなく見張られている。事実、東方の聖霊騎士団領へ逃亡を試みた貴族家は、容赦なく捕縛されたらしい。

――姉の旦那様となる、狐族《きつね》のスイさんは良《い》い人だった。

『あぁ⁉　アレンを倒した奴《やつ》が主だぁ？　てめぇ、どの面《つら》下げて――……そんな泣きそうな顔すんな。土下座もしようとすんな！　コノハ、だったか？　俺とモミジが……その、結婚したら、お前さんは義妹《いもうと》ってことになる。獣人は『家族』を見捨てねぇよ。……あいつに相談しろ。昨日退院したって聞いている。どうにかしてくれる筈《はず》だ』

持たされた、たくさんの食料が入った布袋が重く感じる。

………………ギル様の意向を無視し、相談するべきなんだろうか。

悩みながら階段を上り終え、長く暗い廊下を進み部屋へ向かう。かつて、老公は夏の間だけこの別邸で執務を行われていたそうだ。

突き当たりの重厚な扉の前で立ち止まる。何度か深呼吸をし――小さくノック。

応答はないが、動いている魔力は感じる。私は顔が歪《ゆが》む。

……まだ眠られていない。ここ数日、禄《ろく》に眠っておられないのに。

「ギル様、コノハです——失礼します」

私は扉を開け、中へ。

——部屋は極めて簡素な造りだ。

木製の古い執務机と二脚の椅子。丸机。本棚。一人用のベッドがあるだけ。

そんな部屋で私の主——ギル・オルグレン公子殿下は、机上に置かれた魔力灯の下、一心不乱にペンを走らせていた。

着ている物はシャツと黒いズボン。頭には包帯が巻かれている。

戦闘で負われた傷を治療されていないのだ。

重い気持ちになりながら、話しかける。

「ギル様、何か召し上がってください。今、飲み物を」

「……いい。だけど、当面死ぬつもりはないから安心しろ。叛乱の経緯や俺が知った内幕を書いておいた。目を通して、間違いがあったら訂正してくれ」

「……はい」

事務的な会話。そこにかつてあった快活さは皆無だ。

心に激痛を感じながら、近くの椅子に布袋を置き、ギル様のお傍《そば》へ。

——私の主様は『当面の間、別邸にて拘束』という三公爵連名の勧告を受けた後、ひたすら、王家宛の意見書を書き続けている。

オルグレン公爵家しか知り得ない、統治に関する様々な数字や軍事機密。

極致魔法『雷王虎』の魔法式と、秘伝『紫斧《しふ》』の発動方法。

そして――叛乱に到《いた》った経緯と、その背景。

全てに自らサインをし、更に魔力で刻印を施されている。

ギル様は『オルグレン』としての罪、その全てを背負うおつもりなのだ。

沙汰が決まり次第、王都へ御一人で出頭されるのだろう。

……何とか、思いとどまっていただかなければ。

意見書に目を通しながら、言葉を振り絞る。

「東都の復興は、かなり進んでいるように見えました」

「……そうか」

「王都までの鉄道も復旧が近いようです」

「当面は軍用だ。民間用が回復するのは数ヶ月先。『天鷹商会《てんようしょうかい》』のグリフォン便と、西方の飛竜便の増発や、馬車や車を用いた輸送網の活用が必要になる。ラランノア共和国との間もきな臭い。ザニ達が使ったと聞く、魔銃や魔道具は共和国から持ち込まれた物らしいしな。東方国境の戦力は乏しい。奇襲を喰《く》らえば、大乱になる」

現在、王国は三方に直接的な敵国を抱えている。

北方にユースティン帝国。南方に侯国連合。

そして、東方の邪悪なる宗教国家、聖霊騎士団領。此度の叛乱を裏で操った悪魔共だ。

そこへララノア共和国とまで戦端が開かれれば……。

ギル様が極寒の声で続けられた。

「グラント、グレックは重傷で情報を引き出せず、家族も聖霊騎士団領へ脱出させている。グレゴリーは行方不明。オルグレンの『双翼』ハーグ・ハークレイとヘイグ・ヘイデンも入院中。俺は早急に、『紫備《むらさきぞな》え』を東方国境へ展開させるべき、だと思うが……」

御顔には色濃い無力感……自分自身の罪に身体《からだ》が震える。

王都にいた時、ギル様は何時《いっ》も笑っておいでだったのに。

後悔に苛《さいな》まされながら、私は言葉を絞り出した。

「……三公爵殿下は、対東方諸国戦を想定されているのでしょうか？」

「東方国境へ軍を進めるかもしれないが……出兵は無理だ。兵站《へいたん》を保てない」

オルグレンも王都を一度は陥落させてみせた。

それは、老大騎士ハーグ・ハークレイの戦術眼と東方最精鋭部隊『紫備え』が投入されたことによるものだが……そこが限界。

他公爵家の兵站に対する考え方や人材は、オルグレンと懸絶していても、聖霊教が根付いた他国への侵攻に大きな困難が伴うのは自明だ。

ギル様が、そっとペンを置かれた。

「やれなくはない。が、今じゃない。戦後処理が終わるまで、王国は対外戦争の拡大なんて到底出来やしないだろう……俺には関係ないことだがな」

淡々と零《こぼ》され立ち上がられた。窓の外へ視線を向けられ、一点を見つめられる。

──獣人族旧市街。

胸が激しく軋《きし》む。

ギル様は『剣姫の頭脳』を敬愛されていた。

なのに、私の独善で……こんな、こんな事態に……。

自分の手を胸へ押し付け、痛みに耐える。

そして、必死に平静を装《よそお》いながら小さくなった背中へ言葉を投げかけた。

「──……そう言えば、アレン様が退院されたようです」

「……………」

ギル様がゆっくり振り返られ、

「っ！」

両手で口元を押さえる。

――別邸へ自らを『封印』されて以降、初めて見るギル様の微笑《ほほえ》み。

「……そうか。良かった」

小さな声で零され、すぐに表情を戻される。

私は覚悟を――……固めた。


アレン様に全てを話し、託そう。


そして、ギル様を……優しき私の主様を救ってもらおう。

結果、この御方と二度と会えなくなったとしても……いい。罪は償わなければ。

けれど……ギル様は、ギル様だけは救ってみせる。今度こそ、私の全てを懸けて！

スイさんの力強い言葉を思い出す。

『あいつは明日、族長会議に呼ばれる。場所は大樹。捕まえるなら実家にしとけ。そうじゃないと、すぐみんなが集まってきてとても無理だ。……俺の兄弟子は、一度自分が深く関わった奴を、死んだって見捨てやしねぇよ』
お節介な人だ。姉はきっと幸せになれる。亡《な》き母も、喜ぶに違いない。
私の分も…………そうなってほしい。
ギル様が椅子に腰かけられ、ペンを再び走らせ始めた。
魔斧槍『深紫』と大魔法『光盾《こうじゅん》』の残滓《ざんし》が込められた短剣の譲渡についてのようだ。
オルグレンの至宝を他者へ譲渡する。
つまり……書くべきことは書き終えられた。
再び月が分厚い雲に隠れ、室内は一気に暗くなる。
――この後、ギル様は朝まで一言も発せられなかった。

＊

「ん～…………」

最初に感じたのは人の温かさだった。

昨日、父さんと話をした後は誰も、忍び込んでこなかったと思うけど……。

夜中にリリーさんがアトラを足下に連れてきたくらいで。

――ゆっくりと目を開ける。

「………♪」

視界に飛び込んできたのは、長い白髪で、白服を着ている狐族の幼女だった。

安心しきった様子ですやすやと眠っている。

「！　アト――」

叫びそうになり僕は慌てて口元を押さえた。起こしてしまう。

代わりに小さな頭に手を置くと。白の魔力が煌《きら》めいた。

「♪」

幼女は眠ったまま嬉《うれ》しそうに表情を綻ばせ、頭を僕のお腹《なか》に擦《こす》りつけてくる。

――この子は、昨日まで幼狐《ようこ》の姿だった八大精霊の一柱『雷狐《らいこ》』のアトラ。

聖霊教異端審問官レフとの戦闘において僕を庇《かば》い、一度は消失。

ティナの中にいる『氷鶴《ひょうかく》』、リディヤの中にいる『炎麟《えんりん》』が力を貸してくれたお陰で、
復活出来たものの、魔力消耗が激しくずっと幼狐姿だったのだ。

「……少し回復したのか？　でも、この魔力はステラの……？」

独白しながら、思考を覚醒させていく。

懐中時計は……そっか、父さんに渡したんだっけ。
でも、分かる。普段通りの時刻だ。自分の貧乏性が恨めしい。
朝の冷気と小鳥の囀《さえず》り。
メイドさん達もまだ起きていないようで、家の中はとても静か。
内庭の靄《もや》に太陽の光が反射し、神秘的だ。
右手を掲げる。薬指に嵌《は》まっているのはリナリアの指輪。
あのお節介魔女曰《いわ》く『私の技量を超えたら外せるわ★』らしい。
リディヤやステラが、真剣な表情で斬《き》れないか話し合っていたし、どうにかしないと。
寝癖のついた幼女がもぞもぞと動き、目を開け僕を見た。綺麗《きれい》な金の瞳。
「起こしちゃったかな？　おはよう、アトラ」
「――アレン♪」
幼女はふわっと笑みを零し、舌足らずな口調で名前を呼んでくれた。
上半身を起こし、話しかける。
「僕はもう起きるけど――」
まだ寝てても良いよ、と言い切ることは出来なかった。
僕の部屋を覗《のぞ》き込み、幼女を凝視する寝起きの少女と目が合ったからだ。

……あ、まずい。

「ティナ、違うんですよ？」「……何がですか？」

「この子はですね」「……知りません！」

薄蒼《あお》髪の公女殿下は前髪を立て、拒絶。

両手を合わせ、息を吸い込み、

「みんな、起きてくださいっ！！！！　緊急事態ですっ！！！！！」

小鳥が一斉に内庭から飛び立った。……こうなるのか。

ティナの大声に驚いたアトラは大きな瞳をぱちくり。

廊下を走る音……仕方ないなぁ。

幼女を抱っこしたままベッドから下り、僕は嵐に備えるのだった。

「――で、あんたはアトラだって気づかなかったわけね？　魔力を探れば一発なのに？」

「何事かと思いました」「注意力が足りていません」「え、えーっと……ティナ……」

「うぅ……だ、だってぇ…………あむ」

リディヤ、リィネ、カレンの指摘を受け、朝食のパンを食べていたティナがしょげ返り、前髪も萎《しお》れ、僕の隣に座るステラがおろおろする。

僕達家族だけじゃなくみんながいて、天気も良い為《ため》、外での朝食だ。

メイドさん達が天幕を張ってくれたお陰で快適そのもの。

母さんと父さんがいる為か、みんな寝間着姿ではなく私服に着替え終わっている。

活《い》き活きとした様子で、テキパキとサラダを取り分けているメイド服のエリーが、僕の膝上で一生懸命、焼きたてパンを食べているアトラを見て、目をパチクリさせた。

「で、でも……大精霊さんって、人の姿になれるんですね。『氷鶴』さんや『炎麟』さんもそうなんでしょうか？」

「でしょうね。実際、僕が見た子達はアトラによく似ていましたし」

「？」

幼女は僕に名前を呼ばれた、と思ったのか顔を上げ、きょとんとした。

給仕《きゅうじ》をしてくれている、リンスターのメイドさん達がざわつく。

「！　……こふっ」「せ、先輩⁉　い、いけない、可愛《かわい》さの許容量をっ！」「衛生兵、衛生兵っー！」「映像宝珠で撮ってる？」「もっちろん！」毎回思うけど、リンスターのメイドさんって毎日を全力で楽しんでいるんだよなぁ。

……昨晩はいたアンナさんの姿がない。どうかしたんだろうか？

そんな中でも、母さんとリサさんは一切動じず。

「リサさん、もう少し落ち着いたら、一緒にお買い物へ行きませんかぁ～？　治療のお手伝いも終わりましたし～お店も少しずつ動いているみたいなのでぇ」

「ええ。……エリンが嫌じゃなければ、だけれど」

「うふふ～♪　私がリサさんを嫌がることなんかないですよぉ」

「——……ありがとう」

なんと、リサ・リンスター公爵夫人を照れさせている。母さん、恐るべし。

穏やかに二人を見守っている父さんも大物だ。

カレンへ視線を向けると肩を竦《すく》めた。同じ想《おも》いらしい。

後ろからスープ皿が目の前に置かれた。綺麗な琥珀《こはく》色で、見るからに美味《おい》しそうだ。

リリーさんがアトラの口元をハンカチで拭いながら、教えてくれる。

「東都のお野菜のスープです～♪　私が作りましたぁ☆」

「へぇ……」

スプーンですくい、一口。賛嘆が自然と零《こぼ》れ落ちる。

「──美味しい」

「良かった～♪　アトラちゃんも、美味しいですかぁ～？」

「──おいしぃ。リリー、すき」

『!?』「やったぁ～♪」

たどたどしいアトラの言葉に、ティナ、ステラ、エリー、リィネ、カレンに大衝撃が走り、年上メイドさんは両手を合わせた。

……リディヤ、そんなに睨《にら》まれても、これは僕の責任じゃないと思うんだ。何《いず》れはみんなの名前も呼んでくれる筈《はず》──僕の肩に翠《みどり》の小鳥が乗った。

「？　ああ、アトラ、駄目だよ」

幼女が興味津々《きょうみしんしん》で手を伸ばそうとするのを制し、指へ。

──王立学校長にして『大魔導《だいまどう》』の異名を持つエルフの大魔法士、ロッド卿《きょう》の魔法生物。

小鳥の瞳が光り虚空《こくう》に伝達事項が浮かび上がる。あ、これ良いな。今度真似《まね》しよう。

ステラとカレンが尋ねてくる。やや、緊張しているようだ。

「アレン様」「兄さん、学校長は何と？」

「『本日、族長会議を再開催する。万難を排し出席してもらいたい。君が来ないと話が進まん。オルグレンの末子の件と……大精霊の件で話もしたい』だってさ」

「！　先生、行きましょう！」「わ、私も、あぅ……」「兄様、お供しますっ！」

ティナ、エリー、リィネが意気込み、同行を立候補。

「アレン様、私も御一緒します」

隣のステラもはっきりと自分の意思を口にする。白光の魔力が漏れ散った。

「心強いですが……楽しい会ではないですよ？　体調も戻り切っていないでしょう？」

数日前から、ステラは原因不明の魔力増加に悩まされ、体調不良が続いている。無理はさせたくないのだけれど……。

「体調も魔法を使わないなら平気ですし、今朝は気分が良いんです。何より…………貴方《あなた》と一緒にいたいんです」

小さい小さい本音が聞こえ、僕は頬を掻《か》く。

カレンはお澄まし顔で紅茶のカップを手に取った。

「当然、私も行きます。……族長達も信用出来ませんし、以前のトネリみたいに兄さんに難癖をつける人もいそうですから」

「……カレン、そういうことを言っちゃ駄目だよ。でも、ありがとう」

僕は苦笑しながら窘《たしな》め、リディヤに手で合図。答えは聞くまでもない。

「「「「……む～」」」」

僕達のやり取りを見ていたティナ達が、不満そうに頬を膨らました。

「！」

「アトラもついてきてくれるのかい？　でも、何時まで人型のまま──あ」

『!?』

僕の頬を突いてきた幼女の姿が光に包まれ縮んでいき──幼狐の姿に戻った。人でいられる時間は限られているようだ。

リリーさんが手を伸ばしてきて、幼狐を抱きかかえる。

「うふふ～♪　アトラちゃんも一緒に行きましょうねぇ～☆　奥様、よろしいですかぁ？昨晩、王都へ行ったメイド長にも頼まれているのでぇ～」

「ええ」

リサさんは鷹揚《おうよう》に頷《うなず》かれた。

……アンナさんは王都か。随分と急だな。

心配そうな二人に話しかける。

「母さん、父さん、後で大樹へ行ってきます。もう、戦うことはないと思いますし」

「……アレン」「エリン」

何かを言いかけた母さんの小さな肩へ、父さんの大きな手。

僕は翠の小鳥を空へ解き放ち、みんなに微笑《ほほえ》みかける。

「朝食をとったら出発しましょう。大樹まではゴンドラで」

――その時だった。

外の通りから、

「不審者よっ！　拘束してっ！！！！！」

メイドさんの切迫した大声。僕達は顔を見合わせる。

すぐさま、カレン、ティナ、エリー、リィネが物騒な魔法を並べ始め、リディヤとステラは僕の両脇へ。

「見てきますぅ～」

リリーさんはアトラを頭に乗せ、屋根へ跳躍。

僕もみんなと共に外へ。

玄関から通りへ出ると、近所の住民達が集まっていた。

家の前では、外套《がいとう》を羽織った少女がメイドさん達に取り押さえられている。

黒髪を後ろで結い、褐色の肌。瞳には強い強い焦燥感。

「貴女《あなた》は……」「王都のオルグレンの屋敷《やしき》にいた……」

ステラとカレンが小さく零す。僕はリリーさんへ手で合図。

「手を離してください」

『はいっ！』

年上メイドさんの命令で、メイドさん達が黒髪少女から手を離した。

「来られる頃だと思っていましたよ、コノハさん。ギルの件ですね？」

――この少女の名前はコノハ。

僕とリディヤの後輩である、ギル・オルグレン公子《こうし》殿下付き護衛兼メイドさんだ。

黒髪少女は頬を青白《あおじろ》くしながらも、言葉を振り絞った。

「……私にこのようなことを言い出す資格はないと理解しています。ですが……」

手を伸ばし、僕の足に縋《すが》りついてきた。

ティナ達が反応したのをリディヤが一瞥《いちべつ》。止《や》めさせる。

コノハさんの頬を大粒の涙が伝い、見るからに悲痛な様子で訴えてきた。

「どうか……ギル様を……私の主様をお救いください……。あの御方は、全ての罪を背負い込もうとされていますっ！　もう……貴方様《あなたさま》以外には頼れないんです。お願いします。お願いしますっ！！！！」

深々と頭を下げ、地面にまで達しようとしたので、止《と》める。

「止《や》めてください。詳しい話を――……リリーさん」「リリー」

「はい〜」

僕とリディヤの意図を察し年上メイドさんは、右手を大きく振った。

——コノハさんの後方を炎花が飛び、不可視の糸が焼け落ちる。

黒髪少女とティナ達が呆然《ぼうぜん》。

「こ、これは……」『!』

「僕の後輩の、テト・ティヘリナが考案した遠隔尾行用魔法ですね。……貴女はギルに見張られていたようです」

「っ!!!!!」

コノハさんが絶句し、身体《からだ》を震わせ打ちひしがれる。

……ギルめ。

とっておきの一つまで使うなんて、本当に全部自分一人でしょい込む気だな。

見舞いにも来ずに、そんな画策をするなんて悪い後輩だ。

集まっている人々の騒ぎも大きくなりつつある。

「『ギル』って誰だ?」「オルグレンの四男だ」「……オルグレン、か」「噂《うわさ》だと、アレンさんを傷つけたって」「……そんな奴《やつ》の従者かよっ」「今更、何をしようとしていやがるんだっ」……まずいな。

東都の人々にとって、『オルグレン』は今や、憎悪《ぞうお》の対象になってしまった。

けど……僕がすることなんて、決まっている。

僕は片膝をつき、身体を震わせ嗚咽《おえつ》しているコノハさんの肩に手を置いた。

「分かりました。今すぐ向かいましょう」

「……本当、ですか？」「「「!?」」」

黒髪の少女が『信じられない』という表情を浮かべ、僕をまじまじと見つめてくる。

後方のティナ、エリー、リィネが驚いているのが分かった。

「……兄さん、族長会議はどうするんですかっ！」

「欠席するよ」

不満気な妹へ片目を瞑《つぶ》る。

「カレンだって、同じ立場なら絶対そうするだろう？　僕は君のお兄ちゃんだからね。軽蔑されたくないんだ」

「軽蔑なんか絶対にしません。ただ………はぁ、もういいです」

「ありがとう。ステラ、体調不良のところ、本当に申し訳ないんですが」

「──会議の方はお任せください」

穏やかに、そして嬉《うれ》しそうに、ステラは請け合ってくれた。

この子も凄《すご》い速度で成長してくれている。

「先生っ！　私はついていきますっ！」「兄様、リィネも御一緒しますっ！」

ティナとリィネが勢いよく挙手してきた。積極的なのは良《い》いことだと思う。

僕は悩んでいる様子のメイドさんへ聞いてみる。

「エリーはどうしたいですか？」

「わ、私は……」

ちらっと、後方のステラを見た。堂々と意見を述べる。

「ステラ御嬢様《おじょうさま》が心配なので、大樹へ行こうと思います」

「――分かりました。ステラは張り切り過ぎるのでよろしく」

「は、はひっ」「……アレン様、エリー」

僕とメイドさんの合意を聞き、ステラがむくれる。手を叩《たた》く音。

視線が、沈黙していたリディヤへ集中する。

「いじけている後輩の所へ行くのは、私達とそこの黒髪の子だけよ。他は大樹へ行って、こいつの権利を全力でもぎ取ってきなさい」

「なっ！　リディヤさん、横暴ですっ！」「姉様！」

「リディヤ御嬢様～不可ですぅ～★　私は護衛なのでぇ～」

ティナとリィネが抗議し、リリーさんがやんわりと否定した。決定を伝える。

「ギルの所へ向かうのは、僕達とリリーさん」

「！　♪」

「と、アトラで」

「「……はぁい」」「は、はひっ」「分かりました」「アレン様、お気をつけて」

ティナとリィネが渋々承諾し、エリー、カレン、ステラは頷いてくれる。

リディヤは肩を竦《すく》めた。

「では──ティナ、エリー、リィネ、大人の世界を見てきてください。後で、たくさん話を聞かせてくださいね？」

＊

「……ったくよぉ。朝っぱらから『ゴンドラを出せ』なんて、無理を言いやがって。少しは老人を労《いたわ》りやがれっ！　この大馬鹿アレンがっ‼」

荒い言葉とは裏腹に巧みな櫂捌《かいさば》きを披露している、紺色の甚平《じんべい》を着た白髪白尾の老獺《かわうそ》

——前獺族副族長のダグさんが怒鳴ってきた。

獣人新市街の撤退戦で、僕が殿《しんがり》を務めたのを未《いま》だ立腹されているのだ。

東都郊外へ出る水路を滑るように古いゴンドラは進んでいく。とても清々《すがすが》しい。

「……おい、聞いていやがるのかっ！」

僕はゴンドラの船べり近くで、水面の下を眺めているアトラが落ちないよう、風魔法を発動しながら振り返った。コノハさんは近くで小さくなっている。

「ダグさん、もうその辺で許してください。アトラが変な言葉を覚えてしまいます」

「はんっ！　誰が許すかっ！　……で？　会いに行く相手は、オルグレンの公子殿下だったか？　そいつに、族長会議をすっぽかす価値があるんだろうな？　お前の今後が決まりかねない会議なんだぞ？」

老獺の瞳に憂い。純粋に僕を心配してくれるのが嬉しくなる。

「はい——小さな頃、ゴンドラの上で昔話をしてくれた人に教えてもらいました。『友人に裏切られても、自分からは裏切るな』と。栄誉と友人。どちらが大事なのかは、学んできたつもりです」

「……ふんっ！　小僧が言うじゃねぇか……いいか、アレン」

老獺は煙管《きせる》を懐《ふところ》から取り出し、突き付けてきた。

声が震え、瞳は潤んでいる。

「……あんなことは、もう二度と、二度とっ…………するんじゃねぇぞっ！！！！！　いいか？　分かったら、返事をしやがれっ！！！！！」

「！」

アトラが大きな声に驚き、ひっくり返った。

すぐ起き上がり不思議そうな顔をし、そのまま日傘の下にいる、剣士服姿のリディヤの膝上に帰還。

そんな幼狐《ようこ》を眺めつつ、僕はダグさんへ返答しようとし、

「問題ないわ。私がずっと傍《そば》にいるし」

リディヤに遮られた。……僕の意志は何処《どこ》に？

ダグさんは目を瞬《しばた》かせ――破顔。

「かっかっかっ。紅《あか》の姫さんがそう言うのなら安心だわな。よろしく頼まぁ」

「ええ」

十年以上御世話《おせわ》になっていて、身内同然の老獺を睨《にら》む。

「……ダグさん、長い付き合いの僕よりも、リディヤを信じるんですか？」

「はんっ！　自分の胸に手を置いて猛省しやがれっ！　……に、してもだ」

ダグさんが後方の水面を振り返った。感嘆と呆《あき》れ交じり。

「ありゃ……その……すげぇな。どういう原理なんだ？」

「あ～……何と言いますか……」

僕も曖昧に返し、後方を見やる。

――黒リボンで結った長い紅髪を靡《なび》かせながら、リリーさんが跳びはねるように水面を駆けていた。手には細長い布袋を持っている。

足下の水面に着水する度、魔法式が発生――試製二属性上級補助魔法『天風飛跳《てんぷうひちょう》』を、リリーさんに求められて改良したものだ。

制御は難しくて、あんな簡単に使いこなせないんだけどなぁ……。

リリーさんがぶんぶん左手を振る。

「ひゃっほ～ですぅ～☆　アレンさぁ～ん！　この魔法、とっても楽しいですねぇ～！」

「……ねぇ」

公女殿下の冷たい視線が背中に突き刺さる。……僕のせいじゃないと思う。

叫び返す。

「あんまり無理しないでくださいねっ！　あくまでも、試製ですよっ！」

「はい～♪　ひょいっと～☆」

年上メイドさんは忠告も聞かず、水面から華麗に跳躍。

一回転して、ゴンドラの隣へ着水。追い抜いていく。

ダグさんは呆気《あっけ》に取られ、無意識に煙管を咥《くわ》える。

「……世の中は広いわな。だが、何であの嬢ちゃんは東の学生服なんぞ着てるんだ？　メイドって話だったよな？」

「……色々あるんです」

東都郊外が近づいてきた。

――さて、後輩をとっちめに行かないとな。

「ほれ、着いたぞ」

樹木の陰になっている東都郊外の小さな船着き場に到着。

まずコノハさんが下り、ゴンドラを縄で結び付ける。

僕はダグさんへ御礼《おれい》を述べ先に下り、手を伸ばす。

「ありがとうございます。リディヤ」

「――よろしい」

短い紅髪の公女殿下は僕の手を取り、船着き場へ。

ダグさんが呵々大笑《かかたいしょう》。

「かっかっかっ！　アレン、絵になるじゃねぇか？　ええ？」

「……からかわないでください」「当然よ」

先に到着していたリリーさんが叫んだ。

「アレンさん～！　私も、私も、今のやってほしいですぅ～」

「駄目です」「駄目に決まっているでしょう？」

「……二人共、厳しいですぅ。私の味方はアトラちゃんだけなんですねぇ……」

「！」

幼狐は獣耳を震わせた。抗議しているようだ。老獺へ挨拶。

「ダグさん、ありがとうございました」

「おうっ！　帰りも任せろ。釣りでもして待ってるからよ。ここら辺が『森の都』随一の穴場ってのは……」

「子供の頃に、悪い悪い獺のお爺《じい》ちゃんに教えてもらいました」

老獺は満足気。

編み傘を深く被《かぶ》り直し、僕の背中を強く叩いた。

「良し！　いじけてる公子《こうし》殿下ってのを、引きずり出してこいっ！」

「はいっ！」

「…………これで終わり、か」

＊

俺は書類に自分の名前をサインした。『ギル・オルグレン』。

親父《おやじ》が使っていた古い文箱《ふばこ》へ入れ、厳重に魔法で封じる。

解除出来るのは教授の研究室に所属している奴等《やつら》か、教授本人とアンコさん。

そして……尊敬する二人の先輩しかいない。

読んでくれれば、俺の想《おも》いは分かってくれる筈《はず》だ。

既に部屋の整理は終わっている。コノハに着けていた『糸』も焼き切られてしまったし、とっとと逃げるとしよう。椅子の外套《がいとう》を手に取る。

アレン先輩に憧れて、研究室の三人の同期と相談して仕立てた俺の宝物だ。

もう俺にこれを着る資格はない。だけど……

「最期《さいご》に着る物くらいは選ばせてほしいよな」

自分自身に言い訳をして羽織り、部屋を出て、長い廊下を進み階段を下りる。

屋敷《やしき》内にも、外の通りにも人気はない。近づくことすら忌避されているのだ。

古くからオルグレンに仕えてくれていた者達は、残ると言ってくれたが、断った。

――うちの家に先はない。

忠義ある者達を巻き込むのは余りにも忍びない。

俺が罰せられた後、昏睡《こんすい》状態にある親父の面倒を見てもらわなければならないし。

……一人、何があろうとも離れようとしなかったのは、黒髪の元奴隷少女だけ。

「それも今日までだけどな」

独り言を零《こぼ》しながら広過ぎる玄関へ。

――そこで、異変に気付いた。

屋敷の敷地《しきち》を囲むように、強大な炎の結界が張り巡らされている！

「まさか……こんな静謐性《せいひっせい》の魔法なんて……」

「炎花の戦術結界さ。式自体は僕が描いた」

「！」

一階の裏手廊下から、魔法士の青年が歩いてきた。

左手には魔杖《まじょう》を持ち、普段通り底知れない穏やかな表情。

身体《からだ》が勝手に震えてくる。

「……アレン、先輩……」

『剣姫』リディヤ・リンスター公女殿下唯一の相方にして、『剣姫の頭脳』の異名を持つ、王国最高峰の魔法士が、悠然と立っていた。

昨日会って別れたような気軽さで、軽口を叩《たた》いてくる。

「やぁ、ギル。東都で二回も入院したのに会いにも来てくれないなんて、何時からそんな薄情者になったんだい？」

激しく動揺する。

俺は……この敬愛する先輩を、戦場で打ち倒した………。

奥歯を噛《か》み締め、出来る限り冷静に返す。

「……族長会議に呼ばれていたんじゃ？」

コノハが俺を助けようとしているのは分かっていた。

だが……今日は先輩にとって極めて重要な日だ。

公爵殿下や王族の方々は東都へまだ進出していないが、それまでに獣人族としての統一見解を出す必要がある。

そして——アレン先輩の処遇は最大の関心事。大樹にいなければ話が進まない。

すると、当の本人はあっさりと答えを口にした。

「ああ、すっぽかした」

「…………はぁ⁉」

当然理解されているだろう内容をまくし立てる。

「何を考えているんですか？　陛下への奏上内容の骨子を固める会議なんですよ？？　貴方《あなた》の将来がかかっているんですっ‼　とっとと、大樹へ戻ってください！」

「え？　嫌だけど？？」

「っ！」

先輩は俺の意見を容赦なく却下した。

――何もかも見通すかのような瞳に射抜かれる。

「だって、つまらない会議なんかに出るよりも――僕にとってはいじけてる後輩を立ち直らせる方が、遥《はる》かに重大事だからね」

「…………」

嘘《うそ》偽りなく本心で言っているのが分かる。埒《らち》があかない。

炎花の結界は未知だが、突破出来ないことはないだろう。

意を決し、表玄関へ駆け出そうとし——扉が開いた。

「先輩に挨拶もせず、何処《どこ》へ行く気？　再教育が必要なのかしら？」

幼狐《ようこ》を抱えた長い紅髪の女性と、コノハを従えた研究室内最大権力者が俺に冷たく言い放ってくる。紅髪は短くなり見慣れた剣士服姿。腰には短剣。

魔力は著しく減衰し、アレン先輩よりも少ない。

「リ、リディヤ先輩……」

けれど、俺は畏怖を覚え、一歩、二歩と後退してしまう。

『アレン先輩が傍《そば》にいれば、リディヤ先輩は無敵』

たとえ魔力が著しく減衰していても……勝ち目はない。必死に説得を試みる。

「……先輩からも、この無欲過ぎる英雄様に言ってやってくださいっ！　この判断は間違ってるっ‼　先輩も、アレン先輩には偉くなってもらった方がいいでしょう？」

アレン先輩は俺が知る限り王国最高の魔法士だ。魔力が少ない？　関係ない！

足りないのは公的身分だけ。

それさえ得られれば……リディヤ先輩が額に手を置き吐き捨ててくる。

「はぁ……ほんと、愚かね……」

手を外した。

――瞳の奥には憤怒《ふんぬ》と、強い強い拗《す》ね。

「こいつが一度決めたことを、私が覆《くつがえ》せる筈ないじゃない。黒竜戦の時も、四翼の悪魔や吸血鬼の真祖とやり合った時も、『針海』を倒した時も、無理ばっかりっ！　困っている人がいたら、手を差し伸べちゃうのっ！　名誉？　地位？　報酬？　そんなもので釣り上げられるのなら、私は困ってないっ。斬《き》られたいわけ？」

「っ！　………………俺にどうしろって、言うんですか？」

苦笑しているアレン先輩へ、静かに尋ねる。瞳は変わらず、ただただ穏やかだ。

苛立《いらだ》ちを覚え、想いが噴出してしまう。

「糞親父《くそおやじ》とハーグ、ヘイグ、ザウル爺は好き勝手に計画した挙句、俺には『生きて、オルグレンとしての使命を全うせよ』ですよ？　……なら、俺だってそうします。王都で洗いざらい話して、全部、俺の責任にしてやりますよ！　俺のことはもう放っておいてください。貴方方《あなたがた》の輝かしい功績に傷がつくだけ、っ⁉」

アレン先輩の姿が沈み込み、間合いを一瞬で殺し強烈な蹴りを放ってきた。

辛《かろ》うじて両手で受け止め、弾《はじ》き飛ばし、睨《にら》みつける。

「お、止めたかー。偉い偉い」

「…………何の、つもり、ですか？」

「え？　再戦申し込みだけど？　ほら、この前はボロボロだったしさ」

　頭が混乱する。

　……再戦？　何を言っているんだ？

「そんなことをしている場合じゃないと──」

「ギル・オルグレン」

「！」

　静かな呼びかけに、無意識に背筋を伸ばしてしまう。

　アレン先輩は淡々と続けられる。

「残念だけど、君には罪状がない。幾ら王都へ訴え出ても無駄だ」

　更に頭が混乱。罪状がないだって……？　虚勢を張る。

「…………はっ！　やられた当の本人が言う台詞《せりふ》じゃないでしょう？　俺は……俺は、貴方と戦って…………」

「ギル、あれは模擬戦だ」

「…………はぁ？」

耳を疑い、まじまじとアレン先輩を見た。

──胸の奥に、怒りがチリチリと生まれつつある。

先輩は大袈裟《おおげさ》な動作で、両手を広げた。

「だってそうだろう？　僕と君は先輩後輩の間柄。そして、君は僕以外を傷つけていない。調査にはこう答えるつもりだ。『あれは誰が何と言おうと模擬戦です。事実、僕は死なずにすんだ』ってね。むしろ、功績を賞される立場だと思うよ？」

意味を咀嚼《そしゃく》し……理解する。

確かに俺が戦ったのは、アレン先輩、グラントとグレゴリー、そして黒騎士だけ。

研究室の入学試験で相対して以来の苛立ちを覚えつつ確認する。

「…………本気で言ってるんですか？」

「こんなこと冗談で言うと思うかい？」

瞬間──胸の中で怒りが爆発した。床を踏みしめ、怒鳴りつける。

「ふっざっけんなぁぁぁぁぁ！！！！！！！！！！！！！！」

玄関内に紫電が飛び交い、窓硝子《まどガラス》や壁に罅《ひび》が入った。

対して、アレン先輩は満足気。

「ようやく、やる気になったみたいだね。リリーさん！」

「はい～♪」

リリー、と呼ばれた長い紅髪の女性が布袋を放り投げてきた。

受け取ると俺の魔力に呼応。電撃を放ち、布袋が消失。

「！　こ、これは……」

――オルグレンの至宝。魔斧槍『深紫』。

『剣姫の頭脳』が不敵に笑う。

「返すよ。ギル・オルグレンの本気を見せておくれ？　君が勝ったら好きにすればいい。

だけど、僕が勝ったら――」

――……嗚呼《ああ》、そうだった。この人はずっと、ずっとこうだった。

一度関わってしまえば……もう、引き返せない。

「たとえ茨の路《みち》になろうとも、君には僕の友人兼後輩でい続けてもらう！　悪いけど、負けるつもりはこれっぽっちもないよっ‼」

＊

「――……王国四大公爵家には、それぞれ極致魔法と秘伝が継承されている」

僕の啖呵《たんか》を聞き黙り込んだ後、ギルは、『深紫』を握り締め顔を上げた。

――うん、良《い》い顔だ。

「『火焔鳥《かえんちょう》』『氷雪狼《ひせつろう》』『暴風竜《ぼうふうりゅう》』『雷王虎《らいおうこ》』。そして、『紅剣《くけん》』『蒼拳《そうけん》』『翠槍《すいそう》』『紫斧《しふ》』だ」

魔斧槍を一回転させると、バチバチ、と紫電が飛んだ。惚《ほ》れ惚《ぼ》れする程の魔力！

「だが……世界は広い。それだけでは勝てない相手も存在する。四大公爵家は王国の『剣』であり『楯《たて》』。敗北は許されていない」

ギルが魔斧槍を大きく振った。

――雷音と共に、雷属性極致魔法『雷王虎』が顕現。

『初代オルグレン公爵の再来』

後輩に対する真っ当な評価を思い出す。ギルは凄《すご》い奴《やつ》なのだ。

嬉《うれ》しく思っていると、リディヤと目が合った。瞳の奥には嫉妬。

……早く魔力減衰の理由を見つけないとな。

ギルが言葉を続ける。


「故に――……切り札がある」


魔斧槍を最上段に掲げると、雷王虎が穂先に吸い込まれ――集束。眩《まばゆ》い光を放つ。

稲妻が走り、次々と調度品や屋敷《やしき》自体を破壊していく。

後輩は構わず裂帛《れっぱく》の気合を叩《たた》きつけてくる。

「これこそ、オルグレンが裏秘伝――【滅斧《めっぷ》】だ。行くぞ、『剣姫の頭脳』！　俺の一撃を受けてみろっ！！！！！」

ギルは、その銘通り紫に染まった『深紫』を両手持ちにし、一切の容赦なく横薙《よこな》ぎ！

八本の雷柱が生まれ、空間を制圧しながら襲い掛かってきた。

……アトラが放ってきた、雷柱に似ているな。

疑問に思いながらも、僕は魔杖《まじょう》『銀華《ぎんか》』を突き出し迎撃。

雷柱と激突し、激しい衝撃と電光を発生させた。

——だが。


「なっ⁉」

ギルが驚愕《きょうがく》する中、魔杖は雷斧《らいふ》を急速に拡散させていく。

やはり、アトラの使った雷柱と同種のようだ。

……お節介な魔女め、本当にとんでもない代物を渡してきたな。

この魔杖、魔力がほぼ空でも耐魔性能と補助性能はそのままだ！

結果、魔法式への介入速度が普段と比べ段違いになる。

暗号化されていたギルの裏秘伝を、ここまで容易《たやす》く解けるなんて……。

内心戦慄しつつ、魔杖を構え技の論評をする。

「確かに凄い威力だ。切り札と豪語するだけのことはある。でも」

「くっ！」

間合いを一気に詰め、ギルを一撃し後退を強いる。魔杖を一回転。

「練り上げ不足だ。四英海《しえいかい》の遺跡から得られた知見を用いて、新たに創ろうとしていたけ

れど、未完成なんじゃないかな？　完成形は――」

空間に、八本の雷柱を生み出し、

「っ！？！！！」

ギルの脇へ、瞬間集束させ叩きつける。

土煙が巻き上がり、床は大きく抉《えぐ》れ、土台がむき出しになった。

「こういう風になるんじゃないのかな？」

後輩が乾いた声を発した。口調も元へ戻る。

「……もう再現しますか。それが、出来なかったんですよ……」

「威力はお察しだけどね。――ギル、僕は『本気を見せて』と言った。あの魔法で来なよ。

僕を倒した例のやつさ」

公子《こうし》殿下は目を瞬《しばたた》かせ……疲れた様子で零《こぼ》した。

「……敵《かな》わないですよ、貴方《あなた》には……会った時からとんでもなかった……」

僕は試製していた魔法を展開していきながら、後輩の過《あやま》ちを指摘。

「失礼な！　研究室内で唯一『一般人』を名乗れる、僕に対しての言い分じゃないね」

リディヤとコノハさんの前に立ち、炎花を展開していたリリーさんが挙手。

「は～い♪　アレンさん。普通の人は、秘伝を防げないと思います★」

「……リリーさん、普通のメイドさんは、その服を着ないと思います」

「！？！！　ひ、酷《ひど》いですぅ～あんまりですぅ～…………しくしく」

間髪容《い》れず切り返し、撃退。まったく……さて、魔法は上手《うま》くいくかな？

「…………」

ギルは無言で、頭上に『深紫』を高く掲げた。

斧槍の形をした雷属性上級魔法が八発同時展開されていく。

――雷属性上級魔法『電光雷斧《でんこうらいぷ》』。

僕が、夏季休暇前にギルに渡した新雷魔法だ。極致魔法の方が威力は高い。

けれど――

「明らかに、さっきの裏秘伝よりも上だね」

「いきます。これが、俺の――……ギル・オルグレンの本気ですっ！！！！」

「――来いっ！」

魔斧槍が振り下ろされ、八発の雷属性上級魔法が猛然と襲い掛かってくる。

僕は、魔杖で床を突き――

「⁉　その魔法は！」

炎の花弁を重ね合わせ『盾』を形成。雷の斧槍を悉《ことごと》く打ち砕き、完全に防ぎ切る。

「くっ！　まだ……まだだっ！！！！」

ギルは『深紫』を両手持ちにし、疾走。『盾』に全力で振り下ろした。

激しい電光が屋敷を揺るがし、窓硝子や壁、床を徹底的に破壊。

——やがて、紫電が全て消えた。

魔力を使い果たしたギルが『深紫』を床に突き刺し、片膝をつく。

「…………やっぱり、駄目ですか」

「いや」

僕は左袖を掲げた。

——ほんの僅かだが焦げている。貫通されたのだ。

「そろそろ追い抜かれるかもね。魔杖なしなら、もう勝てないかもしれない」

「……冗談キツイですよ。俺の負けです。煮るなり焼くなり、好きにしてください」

「うん、そうする」

僕は大きく頷《うなず》き、リディヤに確認。

公女殿下は唇を動かした。あんたの好きにしなさいよ。

「——……アレン先輩。本当に……本当に、痛っ！」

後輩の額を、魔力を込めて思いっきり指で打つ。

半泣きになり、しゃがみ込んだギルへ伝える。

「申し訳ない、なんて言ったら本気のお説教だ。君は最善を尽くし、僕もまた最善を尽くした。ただ、それだけのことじゃないか？　君はよくやった。たとえ──王国の全員が君を責めたとしても、僕は君を認めてやるよ、ギル・オルグレン」

「…………っ」

ギルの背中が大きく震えた。

屋敷内に、後輩の嗚咽《おえつ》が響き渡る。

暫《しばら》くして──ギルはようやく顔を上げた。涙で目が真っ赤だ。

「……………アレン先輩」

深々と頭を下げて、宣誓を告げようとしてくる。

「──……以後ギル・オルグレンは生涯の忠誠を貴方に」

「馬鹿だなぁ、ほら、立ちなよ」

「…………」

立たせたギルの胸に拳をつける。

「僕が勝手に助けただけだよ。……これから本当に大変だと思う。信頼は一度喪《うしな》われてしまえば、取り戻すのには時間がかかる。挫《くじ》けそうになったら、今度こそすぐ話をしにおいで。こう見えて育ちが良いんだ。友人は見捨てない」

「…………アレジせんぱぃぃぃぃぃ…………」

感情が完全に決壊したのだろう。ギルは子供みたいに泣きじゃくる。

さて、と……後は。

玄関の開く音がし、黒髪少女が逃げていく。

リディヤの指示。

「リリー」「はい～★」

年上メイドさんの姿が掻《か》き消え――瞬《また》く間に、コノハさんを片手で抱えて戻ってきた。

黒髪少女が激しく暴れる。

「放して、お願いですからっ、放してくださいっ！」

「うふふ～いやですぅ～★」

そのまま、僕の傍《そば》までやって来て、ギルの傍に下ろした。

即座に植物魔法を発動。蔦《つた》で足を縛り上げて逃走防止。

「リリーさん、素晴らしい仕事ぶりです」

「ふっふっ〜ん。当然ですぅ〜。私はメイドさんですからぁ♪　御褒美《ほうび》はさっきの炎花の盾が良《い》いですぅ〜☆」

「後で教えますよ」

そもそもリリーさん用に組んだものだ。

ギルが使っていた『光盾《こうじゅん》』の短剣があれば、もっと向上するかもしれない。

目の前では公子殿下主従が、オロオロしている。

「コ、コノハ……」「ギ、ギル様……」

嫌い合っているわけじゃなし。二人共、真面目過ぎるだけなのだ。

リディヤに左腕を確保され、拗《す》ねられる。

「……今、『真面目過ぎる』とか考えたでしょう？　あんたも同じなんだからねー」

「そんなことは、ない、と思うんだけど……」

「口答え禁止！」

……参加出来なくて寂しかったらしい。

僕は魔杖を虚空《こくう》に収納し、後輩へ忠告した。

「ギル、まずちゃんと食事をして、ゆっくり休んで、コノハさんと沢山話しなよ。面倒ごとはその後だ。コノハさん、僕の後輩をよろしく」

「……うっす」「はい。ありがとう……ありがとう、ございました……」

一件落着。コノハさんの拘束も解き、リリーさんからアトラを受け取る。

後は家に戻って、ステラ達の話を聞けば——リディヤが疑問を零した。

「でも、こいつが許しても……あの子達の詰問《きつもん》からは逃げられないんじゃない？」

「「………………」」

『あの子達』——王都にいる研究室の面々だ。

………………忘れてた。

ギルが僕の足に縋《すが》りついてくる。

「アアアア、アレン先輩っ！　お助け、お助けをっ‼　イエンはともかく、テ、テト達の折檻《せっかん》は、し、洒落《しゃれ》にならねぇっすっ！　死ぬっ！　本気で死んじゃうっ！！！！」

こういう時の台詞《せりふ》を僕は一つしか学んでいない。

沈痛な表情を作り、厳かに勧告する。

「…………ギル、君のことは忘れないよ」

「掌《てのひら》返しが、早過ぎるっすよぉぉぉぉ！！！！！！！！！！」

屋敷《やしき》内に後輩の悲鳴が轟《とどろ》いた。

*

「んー？　んん～？？　んんん～？？？」

「えっと……ど、どちら様でしょう……？」

ギルやコノハさん達と別れ、実家へ戻った僕が玄関で遭遇したのは、見知らぬエルフの美女だった。ペタペタと頬に触れられる。

肩までの光り輝く翡翠《ひすい》髪と信じられないくらいに整っている肢体。

着ている服は薄手の淡い翡翠色の物で、東都はおろか王都でも見た記憶がない。

なお、リディヤは帰路の途中ティナ達と合流。アトラも連れ買い物へ出かけてしまった。

戸惑っていると、奥から母さんとお揃《そろ》いのエプロンを身に着けた紅髪の美女——リサ・リンスター公爵夫人が姿を見せた。

呆《あき》れた口調でエルフの美女を窘《たしな》める。

「レティ、アレンが困っているわよ。せめて、名乗りなさい」

「ん？　おお！　そうだったのっ！」

美女は僕から手を離した。居住まいを正し、名乗られる。

「レティシア・ルブフェーラだ。『翠風《すいふう》』などと呼ばれておる。レティと呼べ」

「！？！！」

大衝撃を受け、立ち竦《すく》んでしまう。

――『流星旅団』が参戦されたのは聞いていた。カレンから話も聞いていた。

ただ、すぐに東方国境へ進まれてしまい、会う機会はなかったのだ。

レティ様が面白そうに、表情を崩される。

「どうした？　そこまで驚いたか？」

「あ……は、はい……すみません。ア、アレンです。幼い頃から、絵本等で貴女様《あなたさま》の活躍を読んでいたものですから、実感が湧かなくて……。あ、あの……」

「うぬ？」

「あ、握手してもらっても、よろしいですか……？」

おずおす、とお願いしてみる。

「お、おお、構わぬが……」

「ありがとうございます！」

差し出された手をほんの一瞬握り、離す。

――……わーわーわー！

胸が高鳴り、落ち着かない。

だって……憧れの存在と、僕は握手をしたのだ！

絵本と違い髪は長くなくとも、あの『翠風』――魔王戦争時は『彗星《すいせい》』と呼ばれていた、英雄様と！

奥からエプロン姿のカレンが顔を出した。

甘い香り。お菓子を焼いているようだ。

「兄さん？　どうかした――」「カレン！　お主の兄はまっことっ、良き男《おのこ》だのっ‼」

レティ様が妹へ満面の笑み。

「……お声が大きいです。あと、当然です。私の兄さんですよ？」

「はっはっはっ、言いおるわっ！」

カレンを解放し、レティ様が僕を見つめる。

「今まで旅団と共に、東方国境へ出ておっての。会いにくるのが遅れた。北方二侯爵が布陣したので、我だけ一日早く戻ったのだ――少し話をせぬか？　狼《おおかみ》族のアレンよ」

キッチンではエプロンを着けた私服のステラが、リンスターのメイドさん達と一緒に、オーブンの中を眺めていた。リサさんとレティ様は先に内庭へ向かっている。

父さんと母さんは、カレン達と入れ替わりで出かけたそうだ。懐中時計の部品を探しに行ったらしい。

ステラは僕に気付かず、期待と不安が入り交じった様子。

「……上手《うま》く焼けるかしら……？」

「大丈夫でございますっ！」「アレン様は美味《おい》しく食べてくださいます♪」「物憂《ものう》げな横顔……いい……」「私は、リディヤ御嬢様《おじょうさま》とリィネ御嬢様に忠誠を……でもでも……」

聖女様は、リンスター公爵家内にも支持者を増やしつつあるらしい。

まだ、席次持ちの人は東方国境から戻られていないようだ。カレンに質問。

「族長会議はどうだった？」

「本日の主役がいなかったんですよ？　すぐ散会しました。次回は、ハワード、ルブフェーラ両公爵殿下が東都に到着されてからになるそうです」

「……リアム様は来られないんだね？」

「はい。軍も南都へ帰還されるようです」

対侯国連合戦は継続されているので、リンスター主力が東都へ進出しないのは、自然。

……でも、王都に公爵が誰もいなくなるのは大丈夫なんだろうか？

ギド・オルグレン老公の企てにより、貴族守旧派は大きく力を削《そ》がれた。

けれど、叛乱《はんらん》に参加しなかった日和見派も多くいる中で、王都に重しがいないのは。

オーブンを見つめていた公女殿下が顔を上げ、カレンに気付きはしゃいだ。

「カレン、見て、見て！　膨らんできたわっ‼　これなら、アレン様も喜んで――……」

「ただいま帰りました、ステラ」

「～～～っ⁉　アアア、アレン様っ⁉　い、何時から、み、見て……あぅ………」

ステラの頰が真っ赤に染まった。

俯《うつむ》きながら近づいてきて僕の右袖を指で摘まむ。

「……嗚呼《ああ》、神様……」「……リディヤ御嬢様、リィネ御嬢様、私の変節をお許しください」「心が……心が保てないっ……」「聖女様派の結成……」「せざるをっ！」メイドさん達は大変盛り上がっている。

カレンが左腕に抱き着いてきた。親友へ助言。

「ステラ、右腕が空いているけど？」

「！　カ、カレン⁉　そ、そんな……え、えっと、し、失礼します……えへへ♪」

聖女様がはにかみながら僕の右腕を確保。白の魔力光が喜び明滅。

そのままの姿勢で報告してくる。

「学校長と族長達には、アレン様がオルグレンの御屋敷へ行かれた御事情をお話しておきました。反論は何も」

「ありがとうございます。内庭へ行きましょうか」

「「はい♪」」

妹と公女殿下に両腕を抱きかかえられながら、廊下を進む。

天幕の下では、リサさんとレティ様が白磁のカップで紅茶を飲んでいた。

控えているのは、緊張し切った様子のメイドさん達と、普段通りのリリーさん。

英雄様が茶化され、公爵夫人は大袈裟《おおげさ》に落ち込まれる振り。

「アレン！　両手に花だのっ！」「うちの子達だけにしてほしいのだけれど……」

内庭に下りると、リリーさんが椅子を引いてくれたので腰かけ、御礼《おれい》を言う。

「「ありがとうございます」」

「いえ～♪」

僕達が着席し終わると、レティ様は深々と頭を下げてこられた。

「まずは礼を言わねばならぬ。我等《ら》に今は亡《な》き団長『流星』との誓いを果たす機会をくれたこと、感謝する」

「「！」」

驚く僕等を気にせず、英雄様は顔を上げ続けられた。儚《はかな》い笑み。

「……正直、諦めていたのだ。魔王戦争より早二百年。多くの戦友達は去り、遺《のこ》された我等とて不死ではない。最早《もはや》、現世で約束は果たせぬもの……そう、思っておった。アレン、お主の妹は大したものぞ？　東都から西都までを、単騎で突破してみせたのだ。西方諸氏族の間で、長く語り継がれよう」

僕は我が意を得たり、と頷く。

「知っています。僕の妹は世界一なので」

「に、兄さんっ……は、恥ずかしいです……もぅ……」

カレンは僕へ文句。獣耳と尻尾が嬉《うれ》しそうに動いている。

リサさんが、英雄様に質問された。

「レティ、話はそれだけかしら？」

「まさか！　本題はこれからぞ――アレン」

「はい」

エルフの英雄様の声色が変化。真剣な瞳で僕を見つめてきた。

「我等は未《いま》だ『誓約』を果たし終えておらぬ。獣人族の願い、お主、聞いておるか？」

「？　東都の奪還では」「違うっ！」

レティ様はテーブルに拳を叩《たた》きつけられた。

カレンとステラを見やると、しれっとしている。……嫌な予感。

狼族の大英雄『流星』の副官にして『翠風』の異名を持つ、生ける英雄様は僕を真っすぐ見つめ、真実を告げてきた。

「獣人族が願ったは——……アレン、お主の救出だったのだ。が、お主は自力で脱出しただけでなく、東都をも救ってみせた。各部族長共は荒れておる。東都帰還後、『代わりの願いを言え！』とやってこようぞ。我もだが」

「なっ……⁉」

僕は妹に視線で尋ねる。いったいどういうことさっ⁉

——ま、まさか、面会を極度に制限されて、情報も断片的だったのは。

カレンとステラが、悪い笑みを浮かべた。

「……驚かされる気持ちが分かりましたか？」

「アレン様以外はみんな知っています。情報秘匿の発案はリディヤさんとティナです」

「…………」

僕は天を仰いだ。

──これだから、天才はっ！

玄関から、少女達のじゃれ合う声が聞こえてくる。

「リディヤさんっ！　先生にくっつき過ぎですっ！　恥じらいを持ってくださいっ‼」

「あら？　小《ち》っちゃいのはあいつとくっつくのを『恥ずかしいこと』と思っているのね？

……ふ～ん。いいわ。伝えておく」

「！　そ、そんなこと、言ってませんっ！」

「姉様、リィネは恥ずかしくありません」

「⁉　リ、リィネっ！」

「あぅあぅ。アトラちゃん。ま、待ってくださ～い～」

廊下を走る音がし、エリーが慌てている。アトラが人型に戻ったようだ。

僕は背筋を伸ばし、レティ様に向き直った。

「御事情は理解しました。願いの件……よく考えて御返答したいと思います」

第4章

「で、いったい何を企《たくら》んでいるんです？　カーライル・カーニエン侯爵閣下？」

「人聞きが悪い。私は連合の発展を願っているだけですよ、ロア・ロンドイロ侯爵令嬢」

「……白々しいっ。貴方《あなた》達が講和を裏で妨害しているのを、私が知らないとでも？」

私は悠然と新聞を広げ珈琲《コーヒー》を飲んでいる、茶色がかった金髪の美青年を睨《にら》みつけた。髪の先端が水色を帯び、青の礼服を身に着けている。

今、私達がいるのは侯国連合の中心都市、水都。

大議事堂近くの、港が見下ろせる最も古きカフェの一つ『海割り猫亭』。

店内に人はおらず、カウンターの中では老マスターがグラスを磨いている。

広大な港には、帆柱が立ち並ぶ帆船や、最新鋭の魔導《まどう》外輪船が入港と出港を繰り返す。

国内外の誰しもが思い浮かべる水都の日常。

だが……南部六侯国の一つ、ロンドイロ侯国を継ぐ立場にある私は知っている。

――約一ヶ月半前の開戦以来、北部戦線の戦況は悪化の一途を辿《たど》っていることを。

カーライルが読んでいる新聞の見出しにも景気の良《い》い話はない。

『北部戦線で激戦続く。アトラス、ベイゼル両侯は王国との停戦を完全否定』

『十三人委員会、議論百出。北部五侯と南部六侯に亀裂。統領、憂慮を示す』

『水都小麦相場、最高値を更新。北部五侯、議会で演説。一層の協力を要請』

私は極々淡い橙《だいだいいろ》色の前髪を指で弄《いじ》りながら、静音魔法を発動。

かつての先輩を問い質《ただ》す。

「……危ない橋を渡ったんです。少しは本音を教えてください。御祖母様《おばあさま》は、貴方とホロント侯の動きを不快に思われています。このままだと……本気で殺されますよ？」

侯国連合最終意思決定機関『十三人委員会』――水都議会から選出された統領と副統領、北部五侯と南部六侯の意見は、迷走中。

喪《うしな》われたエトナ、ザナ侯国奪還を掲げリンスターと戦端を開いた、アトラス、ベイゼル両侯は戦局が悪化した今も最強硬派だが、領内の小麦価格を巡り亀裂は深まっている。

他の北部三侯国は、敵グリフォン部隊の空中襲撃で甚大《じんだい》な被害受け、戦意喪失気味。

南部六侯国もまとまっていない。

御祖母様――『串刺し』レジーナ・ロンドイロ侯を含め、南端の四侯は早期和平派。が……水都に接している、カーニエン及びホロント侯国は戦争を支持。

水都の世論も、未だ自分達の生活に影響を感じていない為《ため》、定まらず。ピサーニ統領とニッティ副統領は中立の立場で沈黙している。

カーライルが新聞を畳んで、私を見つめた。

――以前は私だけを見ていた、濃い茶の瞳。

「それは恐ろしい。……が、あの御方はそんなことをしない」

声色がガラリ、と変化。若き侯爵はカップを置いた。

「ロンドイロ侯は冷静な御方だ。自らが旗印になれば、南部四侯国は動く。……だが、その後は？　うちとホロント侯領を奪い取っても、問題は解決しない。無傷の戦力を削られれば、『緋血《ひけつ》の魔女』への対抗は不可能になる。そんな愚は犯されない」

――リンジー・リンスター先代公爵夫人。

第二次、第三次南方戦役において戦場で恐怖を撒《ま》き散らした、最恐最悪の魔女。

此度《こたび》の戦役において実戦復帰し、北部戦線で三度恐怖を撒き散らしている。

「加えて、あの御方は『女性や子供を戦禍に巻き込まない』という、真っ当な良識を維持されている。故にうちへ戦争を吹っ掛けることは絶対にないし、そうするくらいなら、とっくの昔に俺の首を取るよう、君へ厳命しているさ。……で？　何時、俺を殺しにくる？今晩は出来れば避けてほしいな。大事な客人がある」

「……カーニエンの屋敷《やしき》に薄気味悪い聖霊教の連中が出入りしていることは、調べがついています。水都内外で聖女なる存在を信奉する者が増えていることと、関係していますね？　貴方は何を考えてっ！　リンスターだけでも対処出来ないのに……」

「おやおや……水都の魔法学校で『百年来の天才』と謳《うた》われた君らしくもない」

「上には上がいるんですよ。途中で退学した貴方には分からないでしょうが」

初めて敗北感を植え付けられた現交戦国のお姫様を思い出す。

カーライルが嘯《うそぶ》く。

「俺はただ、機会を逃したくないだけさ」

「……リンスターとの戦争を続け、下手すれば亡国に到《いた》っても尚《なお》、そう言えると？」

怒りで魔力が漏れ、前髪が浮き上がり、テーブルが震えた。

北部戦線にはロンドイロの諜報《ちょうほう》員が多数、偽名を用いて従軍している。

——戦況は贔屓目《ひいきめ》に見ても絶望的だ。

旧エトナ、ザナ侯国奪還は夢物語。

アトラス、ベイゼル両侯国は喪われたに等しく、割譲を免《まぬが》れても王国経済圏に組み込まれ、何《いず》れは呑《の》み込まれるだろう。

カーライルが窓の外の港へと視線を向けた。

その横顔にあるのは……寂寥《せきりょう》。

「……勘違いするな。俺だって亡国なんか望んじゃいない」

「だったらっ！」「だがな」

かつて、私と同じ道を隣で歩んでいた先輩は――怜悧《れいり》なカーニエン侯爵の顔になった。

「このまま進めば、近い将来、連合は滅びるぞ？……王国は強大に過ぎる」

私は答えることが出来ない。何時《いつ》の間に、私達の路《みち》はここまで分かれて……。

侯爵は空いている椅子に置いてあった帽子を被《かぶ》り、立ち上がった。

「連合は変わらなければならない。その為には、亡国に怯《おび》える程の外圧が必要だ。そうしてようやく話も……ここまでにするとしましょう、ロンドイロ嬢」

まるで似合っていない口調だ。

何でもないように問う。

「……可愛《かわい》い奥様のお加減は如何《いかが》ですか？　長く臥《ふ》せっておいでと聞きましたが」

「悪いが興味はありません。所詮は政略結婚。侯爵家内の地盤は固めました。彼女がいなくとも、私は『カーニエン侯爵』です。死んだら報告が来るでしょう」

鼻白む。カーライルは純粋無垢《むく》な少女の婿として侯爵家に入ったのだ。

「…………下衆《げす》ですね」

「今更ですか？　では、失礼」

侯爵は二人分のお代を置き、カフェを出ていった。

「…………はぁ」

静音魔法を解除し私も席を立つ。急いで御祖母様へ報告しないと。

店内に長身の女性が入ってきた。息を呑む程の美貌だ。人族ではないように思う。

腰にまで達している、血のような黒銀髪と吸い込まれるような銀の瞳。

纏《まと》っているものは、白を基調とし黒で縁取られた剣士服。丸腰だ。

カウンターに腰かけ古書を読み始めた美女の後方を通り抜ける際、耳元の三日月のようなイヤリングが眩《まばゆ》い光を放った。

＊

「ん～と……ベイゼルの小麦価格操作は順調ですね。エマさん、アトラス侯国から脱出されてきた住民の皆さんの支援は問題ありませんか？」

資料を捲《めく》りながら、淡い栗色《くりいろ》の前髪を結んだ、メイド服姿の愛らしい眼鏡少女——フェリシア・フォス御嬢様《おじょうさま》が私、リンスター公爵家メイド隊第四席のエマに質問されます。

頭にはホワイトプリムではなく獣耳。疲労が軽減されます。

王国南都。リンスター公爵家大会議室に設けられた総司令部には、今日も引っ切りなしに各家の兵站《へいたん》、情報士官が出入り。

御嬢様と私達、『アレン商会』付きメイドは、一部人員を王都へ引き抜かれましたが、開戦以来、兵站業務を担当しているのです。

私は椅子の後ろに回り込み、肩を揉《も》みながら答えました。

「はい、フェリシア御嬢様！　むむむ……凝られていますね★　やはり、お胸が……」

「きゃっ。エ、エマさん、や、止《や》めて……く、くすぐったいですっ！」

振り返られ怯えられます。ふふふ……滾《たぎ》ってしまいますね……。

隣の席に座りメモ紙に文字を書かれていた、淡い紅《あか》の前髪を結び、羨ましいくらい華奢《きゃしゃ》でメイド服を着ている少女——サイクス伯爵令嬢のサーシャ様がペンを止め、一言。

「……フェリシアさん、やはり、獣耳メイドというのは些《いささ》か狙い過ぎではないかと」

御嬢様が視線を逸《そ》らされ、弁明されます。

「メ、メイド服は着替え易《やす》いし……け、獣耳も……み、皆さんが言うから、着けているだけですっ！　べ、別に、私は……」

『ふ～ん。そうなんですねぇ～★　アレン様の好みは関係ないとぉ？』

サーシャ様と私達メイドは、結束して声を合わせました。

「！　そ、それは、その、あの……うぅ～……」

机に突っ伏され、フェリシア御嬢様が恥ずかしがられます。

耳までのブロンド髪で眼鏡をかけている、小柄で胸の大きい無表情メイドさん――ハワード公爵家メイド隊第四席のサリー・ウォーカーさんが、冷水のグラスを机に置きました。

「皆さん、その辺で。フェリシア御嬢様、一休憩なさってください」

「……はぁい、サリーさん。ありがとうございます」

「メイドの務めですので。……エマさんは私利私欲に走りがちのようですが」

「なっ！　そ、そんなことありませんっ！　それを言うなら、サリーさんだって――」

「冷たくて美味《おい》しいです♪」

フェリシア御嬢様がグラスに口をつけられ感想を述べられます。

たったそれだけで、私達の間に漂っていた不穏な空気が吹き飛びました。

——王国南方に位置する侯国連合との戦は、御味方の絶対的な優勢で推移しています。

リンスター副公爵領と接しているアトラス、ベイゼル両侯国は軍主力を緒戦で喪い、残存兵力は侯都に籠城《ろうじょう》。侯爵自身も、連合の中心都市である水都へ逃亡しました。

フェリシア御嬢様考案の経済封鎖及び分断策も、着々と成果を挙げています。

……けれど。

御嬢様が、グラスを置かれました。

「サーシャさん、サリーさん、水都の世論に変化はありましたか？」

魔法通信解析と暗号解読に注力してきた、二人の顔には憂い。

サーシャ様は静かに頭を振られます。

「特段は。延々と会議を続けているみたいです」

「戦争継続派、講和派、日和見派に分かれて、全くまとまっていません。……ただ」

サリーさんが言い淀《よど》み、伯爵令嬢様がメモ紙にペンを走らせ、差し出されました。

「例の東方系暗号通信の量が増えています。しかも、頻繁に暗号を更新して……悔しいですが、早期解読は困難です。解読出来た単語がこれです」

——『使徒』『礎石』。

『？』

全員の表情に疑問。聖霊教絡《がら》みなのは分かるのですが……。

フェリシア御嬢様が眼鏡を外され、俯《うつむ》いて小さく零《こぼ》されました。

「……アレンさんなら、きっと知っていると思うんですけどね……」

私達は慰めの言葉もかけられず、沈黙してしまいます。

既に東都は御味方により奪還。

サーシャ様の婚約者であるリチャード・リンスター公子《こうし》殿下の無事は確認されているのですが……未《いま》だ、アレン様の安否情報は届いていません。

「フェリシア御嬢様」「どうか、お休みください」「身体《からだ》を壊したら大変ですよ？」

私とサリーさん、サーシャ御嬢様はしゃがみ込み、御嬢様の手を包み込みお声がけ。

ですが、フェリシア御嬢様は眼鏡をかけ直され気丈に振舞われます。

「……大丈夫です。さぁ、仕事を再開──」

勢いよく大会議室の扉が開け放たれました。

輝く茶髪を二つ結びしているメイド見習い──シーダが飛び込んできて、きょろきょろ。

荒く息を吐き、複数の封筒を掲げ報告。

「はぁはぁはぁ…………と、東都か、ら……フ、フェリシア、御嬢様宛、です！！！！」

『!?』

大会議室が騒然とする中、御嬢様が入口へ向かわれます。私達も慌てて追随。

胸元に月神教の印を提げているメイド見習いの少女が、三通の封筒を差し出します。

「こ、これですっ！」

「ありがとう、ございます……ステラ、とカレンから。それに――……」

フェリシア御嬢様は、封筒を胸にしっかりと抱き抱えられました。

「…………アレンさん、から、です」

「嗚呼《ああ》……フェリシア御嬢様！」「おめでとうございます！」「フェリシアさん」

私とサリーさん、サーシャ様がもらい泣き。

『フェリシア御嬢様の恋路をこっそりと応援する会』のメイド達も同様です。

直後――御嬢様はその場にぺたん。子供のように泣きじゃくり始めました。

「……………良かった……ほんとに、ほんとうに良かった……良かったよぉぉ…………アレンさん、アレンさん、アレンさん…………!!!」

溜《た》め込まれた涙は止めどなく。私達の視界も曇っていきます。

――そして、暫《しばら》くの間、フェリシア御嬢様は泣き続けられたのでした。


「落ち着かれましたか？　もう少し、泣かれても良いのですよ？」

「よく、我慢されました。偉いです。とっても偉いです」

私とサリーさんは、フェリシア御嬢様をソファーに座らせ甘やかし続けます。

シーダが「つ、月神様、わ、私もした方が……？」と月神教の印を握り締め悩み中。

落ち着かれた御嬢様が、暴れられます。

「も、もう、平気です。……わ、私が泣いちゃったことは、アレンさんに内緒ですよ？」

『え～！』

「え～、じゃないですっ！　絶対、絶対、約束ですよ!?」

フェリシア御嬢様は唇を尖《とが》らせながら封筒を開けられ、アレン様の手紙に目を走らせました。再び、瞳が見る見る内に潤んでいきます。

眼鏡を外され、袖でごしごし目元を拭って、出来る限り平静に内容を説明されます。

「……東都の病院に入院されているみたいです。落ち着かれたら南都へ来られるそうですよ？　他は私の心配ばっかりです。…………あと」

大粒の涙が零れ落ち、手紙の文字が滲《にじ》みます。

「……『ありがとう』、って……私、何にも、何にも助けられなかったのに……何にも力を貸せなかったのに……『ありがとう』、って……私に『ありがとう』って……」

私とサリーさんはすぐさま片膝をつき、叫びました。

「そんなことはございませんっ!!」「アレン様もお分かりになっておられますっ！」

「……エマさん、サリーさん……ありがとう……ぐすん……」

三人で強く強く抱き締め合うと、サーシャ御嬢様が「で、出遅れました……！」と呻《うめ》き、

「御嬢様！」

シーダが「わ、私も参加したかったです……」。

みんなが明るくなっていきます。

――届いたのは一通の手紙。なのに、ここまで空気が変わる。

アレン様、やはり貴方様《あなたさま》はフェリシア御嬢様に相応《ふさわ》しい御方です！

足音がし、人が近づいてきました。

「おやおや、どうしたんだい？　フェリシア嬢」

「あらあら、まぁまぁ♪　うふふ、可愛《かわい》いわね～。ケレブリン、私達も着けてみる？」

「御用命とあれば♪」

『！　大旦那様！　大奥様！』

私達は慌てて体裁を整え、軍服姿の御二人に会釈《えしゃく》します。

リーン・リンスター前公爵殿下。リンジー・リンスター前公爵夫人。

南方戦線の総指揮を執られている方々です。

淡い赤髪で耳長、褐色肌の美人メイドは……緊張されているサリーさんへ小声。

「(……前副メイド長の、ケレブリン・ケイノス様です)」

「(……『首狩り』ケイノス様。実在していたのですね)」

フェリシア御嬢様が御手紙を差し出されます。

「リーン様、リンジー様……アレン様から御手紙が……」

すると、大旦那様は驚かれ、頭を下げられました。

『！』

「すまない。彼が入院したという情報は先んじて入手していたんだが、君に負担をかけたくないと思い報《しら》せていなかった。退院した、という情報が先程届いたんだ」

「アレンちゃんは優しい子だわぁ。フェリシアちゃん、良かったわねぇ♪」

「は、はいっ！」

サリーさんがそのやり取りを見て「……うちの愚兄にもアレン様の千分の一の甲斐性《かいしょう》があれば……」名門も大変みたいですね。

パタリ、とサーシャ様がソファーへ倒れ込まれ、クッションに拳を叩《たた》きこまれます。

「……リチャード様、私にはお手紙をくれない……これも、連合が講和を結ばないせいですね？　……いいです。御父様と共に暗号の全て、解いてみせますっ！」

落ち込まれていた伯爵令嬢様は、自己回復し立ち上がられました。雄々しい御姿です。

フェリシア御嬢様《おじょうさま》が目をパチクリ。大奥様はニコニコ。

大旦那様が零されます。

「僕等は君達の力もあり、勝っている。だが、彼等《かれら》は戦争を止めようとしない。リアム達は近日中に帰還するから、優勢は維持出来るだろうが……」

大奥様も表情を戻されます。

「戦争って、一度始まると中々終わらせられないのよね。向こうの人達の中に、お話が通じる人が出てきてほしいわぁ……」

重苦しい空気が、大会議室内に満ちます。

――フェリシア御嬢様がおずおずと、言葉を発せられました。

「え、えっとですね……」

全員の視線が一斉に集中。怯《ひる》まれましたが、踏み止《とど》まられます。

「アレンさんのお手紙に『早い内に南都へ』と」

「「………」」

大旦那様と大奥様が黙考され――やがて、表情を崩されました。

「……リンジー、教授の提案に乗るとしようか？」

「そうねぇ～。フェリシアちゃんも甘えたいだろうし、来てもらいたいわねぇ」

「!? リリリ、リンジー様!? わ、私は、べ、別に、アレンさんに、なんか……」

いきなりの不意打ちに、フェリシア御嬢様が激しく動揺され、胸が揺れます。

態勢を立て直す前に、大奥様が追い打ち！

「獣耳着けているの、アレンちゃんの好みでゲン担《かつ》ぎだって聞いたけどぉ～★？」

「え、あ、こ、これは、その、あの…………きゅう」

「「フェリシア御嬢様っ!!」」「フェリシアさん!?」

私とサリーさん、サーシャさんは気を喪《うしな》われたフェリシア御嬢様を受け止めます。

「濡《ぬ》らした布、準備済みです！」「扇《あお》ぐ物持ってきて～」「強制お休み時間じゃないですか？」メイド達も即対応します。

皆、もう慣れたもの――「ど、どうすれば……」シーダは、要成長ですね。

腕の中の御嬢様からは安らかな寝息。安心されたのでしょう……良かった。

私達が和んでいると、大奥様が命じられます。

「さ、フェリシアちゃんをベッドへ運んであげて～♪　好きなだけ眠ってもらわないと。今まで、眠れなかった分もね」

＊

「ほらほらほらっ！　反応が鈍いっすよぉぉぉっ！！！！」

「きゃっ！」「くぅっ！」

ギルが繰り出した木製斧槍《ふそう》の猛攻を受け、エリーとリィネが後退を強いられる。最後方で魔法を紡《つむ》いでいるティナの守り手がいない。

「させませんっ！」

『雷神化』したカレンが二人の穴を埋め、ギルへ木製槍《やり》を振り下ろした。

斧槍と槍とが激突し、稲光が内庭に飛び交う。

「やるっすねっ！　――でも」

ギルは反動も使いクルリと垂直に一回転。カレンの後方へ回り込み、蹴りを放った。

「っ！」

妹は防御するも吹き飛ばされ、エリー、リィネの傍《そば》に着地。花付軍帽が宙を舞う。

王立学校の制服姿の三人に余裕なし。対してギルは余裕綽々《よゆうしゃくしゃく》だ。

「直線的過ぎるっす。俺以上に、対処してくるおっかない人は案外と――」

ギルの前方から強烈な魔力の鼓動。晩夏の陽光の中に一陣の雪風が吹き荒れる。

――以前よりも威力が増した氷属性極致魔法『氷雪狼《ひせつろう》』が顕現。

長杖《ちょうじょう》を高く掲げたティナが、右手の紋章を光り輝かせ裂帛《れっぱく》の気合を放つ。

「いきますっ！！！！！！」「……駄目です」

「「「「⁉」」」」

僕は縁側近くの椅子に腰かけながら、ペンを回した。

氷狼が消滅していきギル達は唖然《あぜん》。人差し指を立て、公女殿下を注意する。

「ティナ、『氷雪狼』は禁止と言った筈《はず》です。初級魔法を丁寧に」

「う……だ、だってぇ……」

「だってじゃありません。リィネもだよ？　『火焔鳥《かえんちょう》』を消そう。剣技に集中を」

「……はい、兄様」

赤髪公女殿下は恥ずかしそうにしながら、制帽を直し、木製の剣を構え直した。

次いで、天使兼メイドさんへ優しく指摘。

「エリー、落ち着いてください。今のは風属性が強過ぎたんです。頑張ってっ！」

「は、はひっ！　ありがとうございます♪」

エリーが嬉《うれ》しそうに顔を綻ばせた。僕はこの笑顔を守り抜くっ！　絶対にだっ！

ティナとリィネはそんなメイドさんへジト目。

「「…………」」

「テ、ティナ御嬢様？　リ、リィネ御嬢様？　お、お顔が怖いですぅぅぅ〜」

三人が何時《いつ》ものじゃれ合いを開始。

家の中からはリディヤとステラ、母さんの笑い声。お菓子を作っているようだ。

今朝、公爵殿下到着前の会議で、大樹へ出向かれたリサさんとレティ様は、心底残念そうだった。リンスターのメイドさん達も、リサさんに付き従われたのでいない。

残ったのはリリーさんだけだけれど、姿は見えず。

朝から人型に戻っていたアトラを連れて、何処《どこ》へ行ったのだろう？

僕は風魔法で上空を漂っていた花付軍帽を丸テーブル上に下ろし、妹へ指摘。

「カレンは『雷神化』に少し頼り過ぎだね。僕がいれば助けてはあげられるけどさ」

「……兄さんと離れ離れになんかなりません」

腕組みをし、そっぽ。困った妹さんだ。

特別に許可を取り、来てもらった後輩へ命じる。

「再開しようか——さぁ、いくんだっ！　研究室内投票『何かと不器用部門第二位』なギル・オルグレン！　あと、コノハさんは？」

「第一位の先輩は誰だったんすかねぇ？　コノハはお姉さんのところっすよ」

後輩がニヤニヤしながら揶揄《やゆ》してきた。……ほぉ。

コノハさんの件は良しとするけれど、僕はにっこりと通告。

「——……極致魔法ありでやっても」

「ギル・オルグレン、アレン先輩の御為、馬車馬の如《ごと》く働くっすっ！！！！！　さぁ、かかってくるがいいっすよぉぉぉぉ！！！！！」

模擬戦が再開した。僕は指摘点をメモし、試作中の魔法式を並べていく。

現在、再現しようとしているのは二つ。

——『剣翼持つ荊棘《けいきょく》の大炎蛇《だいえんじゃ》』と『銀氷《ぎんひょう》』。

リナリアが使おうとした最高魔法と、口にした謎の『氷』。

前者は魔法式を見ていたので、辛《から》うじて形にはなった。

後者は推測だが……僕を助けてくれた魔短剣に込められていたものだ。

水と風で氷片を作り出し、虚空《こくう》に浮かべる。次は光。ここまでは問題ない。

輝く氷片へ……闇を一滴足す。

「……っ」

魔法式がばらけ、完全消失していく。困難極まるな。

――リナリアの魔法を僕は使うことが出来ない。絶望的に魔力が足りない為《ため》だ。

彼女が使用していた魔法式は精緻の極みであり、制御の困難さは人間業ではなく、魔力をとてつもなく喰《く》い、暗号化もされている。解析には時間がかかりそうだ。

「そう簡単に捕まらないっすよぉぉぉ！　逃げ足には自信があるんすっ！」

「くっ」「と、捉えきれないです」「ちょこまか、きゃっ」「は、速いっ！」

オルグレン公子《こうし》殿下は魔法と体術を巧みに用い、カレンとエリーを翻弄し、リィネへ軽い電撃を与え、ティナに的を絞らせない。

「どうにかして……近衛《このえ》へ入れたいな」

近衛騎士団は厳然たる実力主義。

経歴は問われず、必要なのは己の才覚と騎士としての覚悟のみ。

対外的には困難だろうけど……僕の功績があるなら相殺《そうさい》。そこに『殿下敬称の剝奪』

『公爵家継承の白紙。以後は功績次第』。ここらへんが落とし処《どころ》だろうか？

――オルグレン公爵家は王国東方の要。ハークレイ、ヘイデン、ザニ伯爵家と合わせて潰すのは愚策。実力主義の模範として扱い、次世代に継がせ存続させた方がいい。

東方国境には北方二侯爵の軍が入ったようだけれど、恒久的な駐屯は無理だろうし。

リチャードとワルター様には話をしないと……。

「「いきますっ！」」「ぬぉっ⁉」

飛翔《ひしょう》魔法の初歩を早くも会得《えとく》しつつあるエリーの高速乱打から離脱したところを、ティナの氷弾が後輩を襲う。その先には、カレンとリィネの姿。

そうだ。金銭的な報奨が出るのなら戦死者の御遺族へ回してもらわないと。

リディヤが壊した鉄道と通信網も……うん、教授と学校長に泣きつくしかないな。

雷弾の嵐を放ちながら、ギルが唱和している。

「研究室標語っ！『リディヤ先輩に絶対服従をっ！アンコさんに敬意をっ！アレン先輩に頼まれたら、ただ一言。はい、よろこんでっ！』っすっ！」

「二番目と三番目には同意しますが、最初のは削除すべきですっ！」

カレンが雷弾を木製槍で弾《はじ》き、エリー、リィネは風弾と炎弾で猛然と援護。

長杖を大きく振り、ティナが巨大な『氷神波《ひょうじんは》』を放つ。

「正気を取り戻してくださいっ！」

雷弾の嵐と『氷神波』が激突し、相殺。ギルの悲痛な叫びが響く。

「若いっすねぇ。あの人の真の怖さを知らないからそんなことが言えるんすよっ！　俺は……俺達だってて っ！。アレン先輩がいない時に挑んで…………うぅぅ…………」

ティナ達が困惑して僕を見た。

「えーっと……『真朱《しんしゅ》』でも抜いて、軍用広域殲滅《せんめつ》魔法でも撃ったんじゃないかと」

「「「うわぁ」」」

リンスターの至宝、炎剣《えんけん》『真朱』は、対人用として使うには過剰性能だ。

袖で涙を拭い、ギルが斧槍を回し、止めた。

「あの日の敗北以来、俺達は悟ったんす。リディヤ先輩には逆らわない──……カレン嬢とステラ嬢は来年、うちに？」

「……入るつもりですけど」

カレンが躊躇《ためら》いがちに返事。

後輩は希望に目を輝かせ、木製斧槍を天に掲げた。

「くっくっくっ……遂《つい》にっ！　アレン先輩と口喧嘩《くちげんか》しただけで、研究室で、愚痴なんだか、惚気《のろけ》なんだかを吐き出し続ける魔女へ、反撃の狼煙《のろし》を……違うんすよ」

ギルの顔が、さぁーと青褪《あおざ》めた。

縁側にいたのは、南都から取り寄せた淡い紅《あか》の着物姿のリディヤ。帯には短剣。

曰《いわ》く──『あんたの特別な日に相応《ふさわ》しい恰好《かっこう》でしょう？』。

リディヤの着物姿を見た他の子達は羨ましそうにしつつも、目を輝かせていた。

後輩へ冷たく一言。

「──……で、遺言は？」

ギルの顔に深い深い苦悩が浮かんだ。何を答えれば、自分は生き残れるのか？

僕とティナ達が見守る中、意を決した後輩は顔を上げ、獅子吼《ししく》した。

「俺は──俺とイエンは！　リディヤ先輩が喧嘩《けんか》している時、一泊二日でアレン先輩と一緒に王都近くの温泉へ行ったことがあるっすっ！！！！！」

「ギル!?」「アレン先輩、後はお任せするっすっ！　──諸々《もろもろ》、御武運をっ！」

僕を巻き込んでの自爆を選択した後輩は晴れやかな顔をし、屋根に飛び乗り、全力で逃走していった。背中に凄《すさ》まじい殺気。

震えながら振り返ると、リディヤは美しく微笑《ほほえ》んでいた。

内庭へ下りようとし、

「……来世まで有罪、きゃ」「おっと」『！』

転びそうになったのを受け止める。ティナ達が驚いているのが見なくとも分かった。

未《いま》だ魔力減衰中の着物少女を注意する。

「……本調子じゃないんだから、すぐ乱暴しようとしない」

「下僕のくせに御主人様を一番に考えないあんたが……む」

「♪」

頭に紫リボンを結んだ幼女のアトラが僕達の間に入り込んできた。白い光が瞬《またた》く。

……ステラの魔力。昨晩も一緒に寝ていたし、人型になれているのは、もしかして。

リディヤの足下に、リリーさんが履物を置いた。

「アトラちゃん、邪魔しちゃダメですよぉ～★」

廊下から父さんが手を振り、工房へと戻っていく。アトラと一緒に見学していたようだ。

「……リリー、割り込ませたのはわざとね？」

「うふふ～♪　なんのことですかぁ？」

年上メイドさんは楽しそうに笑い、従妹《いとこ》をはぐらかす。

リディヤが僕へジト目。どうしろと。

教え子達の名前を呼び、メモを手渡す。

「ティナ、リィネ、エリー、課題を書いておきました。後で練習してみましょう」

「「はーい♪」」「♪」

ティナ達とアトラが真似《まね》っこをして元気よく手を挙げた。妹へ話しかける。

「カレンは必要ないね？」「はい……でも、後で教えてください」

「甘えん坊な妹さんだなぁ」「妹は兄に甘えるものです」

王都へ戻ったら、カレンへ僕の制帽を——小鳥が僕の肩に降り立った。

学校長の伝達用魔法生物だ。ティナが、おずおずと聞いてくる。

「先生、もしかして……」

「ええ、そうです」

少女達を見回す。

「ワルター・ハワード、レオ・ルブフェーラ両公爵殿下が東都へ到着されました。大樹大橋前大広場で公開会議を開かれるそうです。両公は僕達の参加を求められています。ティナ、エリー、ステラを呼んできてください。お菓子は後のお楽しみです」

＊

大橋前の大広場付近には、たくさんの人々が集まりつつあった。

中央には陽《ひ》を遮る大天幕。

下には円卓と椅子が並べられ、周囲は魔法で作られた石壁と軍用結界で守られている。

大樹を背にした席にいるのは、リサさんやレティ様、ワルター様。立場上、渋々向こう側へ回ったリディヤと軍服のステラ、ティナ、リィネ。エリーはメイド服だ。

アトラはステラの膝上に座り、リリーさんはみんなの後方で控えている。

ワルター様の左隣に座られているエルフの美青年は――ルブフェーラ公爵か。

北方、西方の有力貴族や、獣人族族長達と東都人族の有力者。

ドワーフ、巨人、竜人《りゅうじん》、半妖精族の長達も着席している。

……大広場を会場としたのは巨人族への配慮だな。

いないのは学校長くらい。なお、人混みが苦手な父さんと母さんも来ていない。

左耳に付けた通信宝珠から、リディヤとステラの不機嫌な声。

『……裏切り者。覚えておきなさい』『……アレン様も、此方《こちら》へ来てください』

「あ～……通信、そろそろ切るからね？」

僕はそう伝え、通信宝珠を外した。リディヤはともかく、ステラがあそこまで駄々をこねるとは思わなかったな。袖を引っ張られる。

「――兄さん」

「うん、行こうか」

カレンと、人の間を縫って進んでいく。

人混みの中に外套《がいとう》を着たギルとコノハさん、モミジさん。狼《おおかみ》族の少女ロッタや、カレンの幼馴染《おさななじみ》である栗鼠《りす》族のカヤと豹《ひょう》族のココの姿も見えた。

……妙だ。スイやリチャードが襲ってこない。

訝《いぶか》しく思いつつ進んでいくと、入口に見知った人達。

赤髪で純白の鎧《よろい》を着ている近衛騎士団副長――リチャード・リンスター公子殿下。

軽鎧《けいがい》を身に着けた獣人族自警団団長――豹族のロロさん。

後方には古参近衛騎士のベルトランや、狐《きつね》族のスイ。小熊族のトマさんと兎《うさぎ》族のお姉さんであるシマさんの姿もある。

ロロさんと視線が交錯。左手を挙げ、大声で叫ばれた。

「二人が来たぞっ！　皆、道を空けてくれ！」

群衆の列が綺麗《きれい》に分かれていく。やり過ぎでは!?

赤髪近衛副長と年上の弟弟子を見やるも、涼しい顔……嫌な予感。

大広場前へ辿《たど》り着き――異変に気づいた。

僕達に用意された席までの間に、近衛騎士団と自警団が整然と列を作っている。

逃げる間もなくリチャードとロロさんが、僕の両肩に手を置いてきた。骨が軋《きし》む音。

「……やぁぁ、アレン。退院おめでとぉぉ……」「……今日は逃さぬぞ……」

「リ、リチャード、ロ、ロロさん、い、痛い、痛いですって、ぼ、暴力反対っ！」

やっぱり滅茶苦茶《めちゃくちゃ》、怒っている！

赤髪公子《こうし》殿下と自警団団長は不敵に笑い、肩から手を離し、声を張り上げた。

「近衛《このえ》騎士団！」「獣人族自警団！」

「総員！　東都を救った二人の英雄へ敬礼！」

号令一下、近衛騎士達と全自警団員達は胸甲を鳴らし、一斉に僕とカレンへ敬礼。

武器を抜き放ち通路を形成した。ロロさんも槍《やり》を手に加わる。

更に――大音量の儀礼用音楽の演奏まで開始。軍楽隊⁉

カレンが不安そうに僕に寄り添う。僕は赤髪近衛副長へジト目。

「……リチャード」

「儀礼は大事さ。特にこういう場においてはね。ああ――逃がすつもりは一切ないよ」

先導され、ぎくしゃくと僕達は公子殿下の後をついていく。

天幕の傍《そば》では、勇ましい軍旗が翩翻《へんぽん》と翻《ひるがえ》っていた。

中でも一際《ひときわ》目立つのは、古く汚れた巨大なそれ――描かれているのは『流星』。

僕達は、ワルター様達の丁度真正面の席に辿り着いた。

「アレン、カレン嬢」

リチャードに促されたので、頷《うなず》き着席。演奏が止《や》み、武器を一斉に下ろす音。

赤髪近衛副長が下がると、薄蒼《うすあお》の白金髪で軍服姿の偉丈夫――ワルター・ハワード公爵殿下様が話し始めた。通信宝珠付きなので、よく声が通る。

『皆、よくぞ集まってくれた！　王国北方を預かっているワルター・ハワードだ』

『西方を預かるレオ・ルブフェーラである』

薄翠《うすみどり》髪のエルフの貴公子も続けられる。

『まず――此度《こたび》の一件を謝罪したい』『申し訳なかった』

ワルター様とレオ様が深々と頭を下げられた。どよめきが、辺り一帯に木霊《こだま》する。

『四大公爵家は王国を守護せし家々。にも拘《かかわ》らず、オルグレンは不平貴族達を糾合。東都のみならず王都をも襲った。その結果は……皆も知っての通りだ』

同意の叫び。東都の死者の過半は獣人達だった。ルブフェーラ公が後を引き継がれる。

『しかし、叛徒《はんと》達が『義挙』と称した変の結果……王国は現在、複数の国と交戦状態に陥っている。北方のユースティン帝国。南方の侯国連合。そして――聖霊騎士団。今、東方国境をがら空きには出来ぬ。西方の魔族達も健在だ。よって、仮の処罰を布告する』

四正面に敵……ララノアまで含めれば五正面という、馬鹿馬鹿しさだ。

両公爵が危機感を覚えられるのも間違いじゃない。

『オルグレン及び叛乱《はんらん》に関与した貴族当主並びに上位者は全員拘束。情勢が落ち着き次第、順次裁いていく。家の取り潰しも十分あり得る、厳しい沙汰となろう』

『魔獣『針海』追撃戦に参加した者達は、急ぎ部隊を再編。東方国境へ派遣する。以後の仕置きは働き次第だ。中下級指揮官及び兵は原則放免とする』

不同意の呻《うめ》き。遺族からすれば……手緩《てぬる》い。ワルター様が厳《いか》めしい顔をされた。

『もう一度言う。戦は続いている。使える者は使う。でなければ……国を守れぬ』

『獣人族の公的地位向上に関しては、我等《ら》とリンスター公の連名にて、陛下へ上奏することを約束しよう。……かつて、我が幕下であったルパードの件もある故な』

ルパード元伯爵。僕とカレンの幼馴染の少女『アトラ』が亡《な》くなった事件の首謀者だ。

『次に──獣人族取り纏《まと》めのオウギ、獣人族族長達へ詰問《きつもん》せねばならぬ事柄がある』

ワルター様の声色に冷気。裏切り、逃亡した猿族と鼠《ねずみ》族を除く族長達の顔が強張《こわば》る。

円卓の下からカレンが手を伸ばし、僕の手を強く握ってきた。

『アレンについて、端的に問う。叛乱前、汝等《なんじら》は彼を『獣人』と頑《かたく》なに認めておらず、叛乱の渦中《かちゅう》においては進言を拒み、内通者もいたというのは……真《まこと》か？』

『！？！！』

多くの獣人達が絶句。僕のことはそこまで知られていない。

獣人族纏め役にして、狼族族長でもあるオウギさんが項垂《うなだ》れた。か細い声。

『……事実で、あります……』

内外から悲鳴じみた怒号。族長会議が機能していなかったことは皆、薄々気づいていた。

けれど、取り纏め役自身がそれを認めた……衝撃を受けない方がおかしい。

オウギさんが、力なく言葉を振り絞る。

『我等は叛乱に際してただただ狼狽《ろうばい》……大樹が持ち堪《こた》えたのは、近衛騎士団の方々の命を賭《と》した奮迅と、自警団及び義勇兵達、住民が一致団結した故。『古き誓約』についても、子供達に背を押されるまで、決断出来ませせなんだ……』

怒号がなくなり、沈黙が重くなっていく。オウギさんが頭を振られた。

『幸いにも東都は解放されました。しかしながら、罪は罪——ワルター・ハワード公爵殿下。レオ・ルブフェーラ公爵殿下』

全族長が一斉に立ち上がった——……既に覚悟を固められている。

『我等は東都の復興に目途が付き次第、辞任する所存です。これを機に東都人族の皆様と共に手を取り合っていける若き者が族長となるべきでしょう……アレン』

オウギさんが強い悔恨を瞳に湛《たた》え、深々と僕へ頭を下げられた。

『……すまなかった。我等は……我等はどうしようもなく誤った。それでも、お前は身を挺《てい》して多くの者を救ってくれた……東都を、皆を守ってくれたことを感謝する……』

僕は言葉が見つからない……もっと、上手《うま》く出来ていれば。

カレンが爪を立て、泣きそうな顔で頭を振る。

通信宝珠からも微《かす》かに、心配そうなリディヤとステラの声。

『……バカ』『アレン様……』

ティナとリィネの魔力は荒れ模様で、エリーとリリーが宥《なだ》めている。

両公が片手を上げられた。

『追って沙汰を出す。着席せよ。……これは他種族の者達にも関係する話ぞっ！　今や東方の聖霊騎士団は王国の仇敵《きゅうてき》！　東都乱れれば、再び攻めてくるは必定』

『王国は今後大きく変わっていこう。そのことを努々《ゆめゆめ》忘れぬようにせよ』

良くも悪くもその通りなのだろう。

それ程までに……聖霊教の存在は不気味で、強大だ。

ワルター様が表情を緩められ、僕を見た。

『——アレン。君に西都におられる陛下から、御言葉を賜っておる』

「⁉」「……兄さん」

驚愕《きょうがく》し固まる僕の服の裾をカレンが引っ張った。ぎくしゃくと立ち上がる。

ワルター・ハワード公爵殿下が、居住まいを正された。

『此度の働き、真《まこと》に見事。その功を賞し――』

……とんでもなく嫌な予感。

『『剣姫《けんき》の頭脳』のアレンに、以後、『流星』の名乗りを許す！』

「！？！！！」

西方貴族の方々が驚愕した。四人の西方族長様は表情を崩していない。

母さんは目を丸くし、驚いている。

天幕の外からは、住民達の会話。

「どういう意味だ……？」「称号だけ？」「てっきり、爵位持ちに……」

『――**鎮《しず》まれ**』

ワルター様の威厳に一帯が静まり返る。

『『流星』は、魔王戦争における救国の大英雄の呼称』

『そして、彼《か》の御方は我が祖母――先々代公爵『翠風《すいふう》』を副官としていた』

　レオ様が続けられる。

『……え？』『そ、それって……』『あ、兄様と……』『ア、アレン様と……』

　言葉の意味を察し、通信宝珠からティナ達の戸惑いながらも、嬉《うれ》しそうな呟《つぶや》き。

　故事通り、とするならば……『流星』の称号は、ある種超法規的な権力付与に近い。

　突然、副官と思われる赤茶縮れ髪のドワーフが円卓に拳を叩《たた》きつけ、叫んだ。

「異議ありっ！」「……アドミラン。止《や》めろ」

　レティ様の傍に座る筋骨隆々のドワーフ族族長が止めるも構わず、怒号。

「『流星』は西方諸部族にとって神聖な称号だ。そう簡単に納得は出来ねぇ！」

「同意するっ！」「……アグレロ」

　重鎧《じゅうがい》の若い巨人が胸を叩いた。岩に座る灰髪灰髭《はいひげ》の老族長がギロリ。

「『流星』位について、同意はし難《がた》いかと」「……アアテナ」

　ゆっくりと、竜人《りゅうじん》族の美女も首を振った。腕を組む老英傑が嘆息する。

「人格に疑いは持っておりません。ですが」「……アンドや」

「御祖母《おばあ》様《さま》の御言葉でも、これぱかりは聞けません」

半妖精族の少女が『花賢《かけん》』様の言葉を遮る。

西方族長達と『流星旅団』の将兵は何故《なぜ》か好意的なようだけれど、他の西方長命種族の大半は無言で抗議。当然だ。これは無理筋。

「――あい、分かった」

レティ様がすっと、立ち上がられた。

「要は『アレンの力が相応《ふさわ》しいのか確かめたい』のだろう？　ならば――話は簡単ぞ」

生ける英雄様と視線が交錯。僕に剣技の稽古をつける際、リディヤが見せる瞳の輝き。

過去最大の悪寒《おかん》……まずい。本気でまずいっ！

レティ様が黒い布が結ばれた古い槍で地面を打たれ、大喝。


「――我、自らが確かめん！　その姿を見て各々《おのおの》判断せよ!!」


『!?』「御祖母様っ！」

皆が呆気《あっけ》に取られ、ルブフェーラ公が焦《あせ》られる。

「「「…………」」」

四名の副官達は不服気。レティ様が目を見開かれる。

「ほぉ……その顔。汝《なんじ》ら『不服』と、言いたいのだな？　はっはっはっはっ！」

――空気がいきなり変化した。恐ろしく息苦しい。

犬歯を見せながら、英雄様が問われる。

「――……では、汝等から、やるか？　小僧、小娘共？」

「「「「っ！？！！」」」」

四名は青褪《あおざ》め、ティナ、リィネも苦しそうだ……仕方ない、か。

「レティ様、もうその辺で」

「……ん？　おお、すまぬすまぬ」

威圧感が薄まり、カレンが大きく息を吸う。僕は両公爵殿下に頷《うなず》いた。

「この勝負、お受けします。称号についてはその後で御判断ください」

「……分かった」「……急ぎ準備をせねばな」

大広場に喧騒《けんそう》が満ちていく中、レティ様に指摘される。

「アレン、どうして笑う？」

「……えっ？」

そっか、僕は笑っていたのか。素直に答える。

「『流星』に付き従った副官『翠風』――いえ、大陸無双の『彗星《すいせい》』様。子供の頃、絵本で読んだ英雄様と手合わせ出来るのは、心躍りますよ」

「そうか……男《おのこ》だの。その異名を聞いたのも久方ぶりぞ。さて」

英雄様が、ティナ達へ目線を向けた。

「そこの娘達、先の威圧で竦《すく》んだ者は足手まとい。それでも、挑みたい、というのなら、アレンとやる前に遊んでやろう。準備が整うまでに考えておけ」

＊

「やっぱり……納得出来ませんっ！　私達も先生側で参戦すべきですっ‼」

「首席様と同意見です。今の私達なら兄様の足手まといにはなりません！」

「あうあう……。ス、ステラお姉ちゃん……」

エリーが、憤慨しているティナとリィネさんの間で困り果て、私に助けを求めてくる。

父やリサ様、一件を聞き急いでやって来られたエリン様は少し離れた場所。

ナタン様は魔道具製作中で来ることが出来ないらしいし、和ませてくれるアトラちゃんもエリン様についていってしまった。

今は、『花賢』様が植物魔法で急造された椅子の上ではしゃいでいる。……どうしたものかしら。

急遽《きゅうきょ》、私達側の席へやって来たカレンが、二人に勧告。

「ティナ、リィネ、貴女《あなた》達もレティさんの魔力を感じたでしょう？　それに――」

親友は目を細めた。

巨人族の魔法で構築された石の円形会場中央に、独り立つ槍《やり》を持ったエルフの美女。

魔王と渡り合いし勇士の中の勇士――『翠風』レティシア・ルブフェーラ様。

王立学校長ロッド卿《きょう》に呼び出され、大樹へ出向かれたアレン様を待っておられるのだ。

「あの御方は絵本の中に出てくる本物の英雄様です。私達じゃ歯が立ちません」

「「う～！」」

ティナとリィネさんは不服そうに唸《うな》った。

カレンが、私の隣で紅茶を飲まれている着物姿の紅髪の公女殿下に訴える。

「リディヤさんも何か言ってください」

『剣姫』様はカップをリリーさんに渡される。

「――六十五点。カレン、痛い目を見て気付くこともあるわ」

「っ！」「……姉様」「厳しいですぅ～」

二人は顔を強張《こわば》らせ、リリーさんは唇を尖《とが》らせた。

レティシア様が私達へ話しかけてこられる。

「ハワードとリンスターの末の娘達は未《いま》だ納得していないようだの。ならば――来よ。アレンが戻るまで、少しばかり戯《たわむ》れてやろう」

「……リィネ」「ええ！」

ティナとリィネさんは、頷き合い跳躍。舞台へと降り立つ。

「お、御嬢様《おじょうさま》っ！」「ティナ！　リィネさん！」「……はぁ」「死にはしないわよ」

エリーと私は慌てて名前を呼び、カレンが溜《た》め息を零《こぼ》し、リディヤさんは淡々。

父とレオ様が額を押さえ、リサ様が楽しそうな顔になられるのが見えた。

「そこまで言われたら、退けません！」「私達だけで十分です！」

ティナは長杖《ちょうじょう》に白リボンを結び付け、リィネさんも剣を抜き放った。

観客達がざわつくもレティシア様は泰然。

「？　何のつもりですか？？」「早く構えてください！」

「――不要。尻に殻がついている雛鳥《ひなどり》に本気は出せぬ」

「「っ！」」

二人は怒りで身体《からだ》を震わせ、長杖と剣を大きく振った。

――結界を貫く冷気と熱波。

氷属性極致魔法『氷雪狼《ひせつろう》』と炎属性極致魔法『火焔鳥《かえんちょう》』が降臨。

人々の間に驚愕が伝播《でんぱ》していく。

そんな状況でも、レティシア様は不動。

ティナとリィネさんが叫んだ。

「後悔させてあげますっ！」「兄様の出番はありませんっ！」

二大極致魔法が解放され、レティシア様へ猛然と襲い掛かる。

「危ないっ！」」「「…………」」「うふふ～♪」

私とエリーは悲鳴をあげ、リディヤさんとカレンは無言。リリーさんは変わりない。

――英雄の古き槍が瞬《また》いた。

まず、『火焔鳥』が貫かれ、四散消滅。

口を開けて襲った『氷雪狼』の牙をレティシア様は左手で無造作に摑《つか》まれ、石舞台へ叩きつけられた。

猛烈な吹雪が巻き起こるも――暴風が全てを吹き飛ばす。

「「！？！！」」

ティナ達は目を見開いて硬直。レティシア様が淡々と論評される。

「悪くはない。精霊の加護を喪《うしな》い、魔法が弱まったこの時代なら猶更《なおさら》な。カレンもそうであったが、本人の資質と努力。何より――主《ぬし》の指導が良《い》いのであろうな？」

精緻な魔法陣がティナ達の前に出現した。短距離転移魔法！

「みんなの資質と努力ですよ。お待たせしました。急な話がありまして」

魔法陣の中から現れたのは、黒茶髪で魔杖《まじょう》を持った魔法士――アレン様。

エリーとカレンがホッとした表情になる。きっと、私も同じだ。

アレン様が落ち込んだ様子のティナとリィネさんへ声をかける。

「二人共、ありがとう。後は任せてください」

「「……はぃ」」

項垂《うなだ》れたティナ達が小さく返事。

姿が搔《か》き消え、

「「きゃっ！」」

元いた椅子へ落下。魔力を探ると学校長がルブフェーラ公の隣に座られていた。

父が声を発する。

『――双方よろしければ、始めたいと思うが、どうか？』

「問題ありません」「同じくだ！」

『では……』

いよいよ始まる。

……奇妙な体調不良で戦えない自分が恨めしい。本当は私もアレン様と一緒に。

歯噛《はが》みしている中、父の手が勢いよく振り下ろされた。

『始めっ！』

その声を受け、レティシア様が槍を掲げられる。

「行くぞ？　新しき時代の英雄候補殿。まずは――小手調べだ！」

翡翠《ひすい》色の魔風が渦を巻き、虚空《こくう》に次々と数十の竜巻が出現。カレンが唖然《あぜん》とする。

「……この魔力、全て上級魔法級……？」「「「！」」」『!?』

ティナ、エリー、リィネさん、そして私は声も出せない。人々も悲鳴。

こ、これが……小手調べなの？　アレン様は苦笑される。

「……単語の概念に疑義ありです」

「なに、児戯よ――簡単に倒れてくれるなっ！」

数十の竜巻がアレン様目掛けて放たれる。

猛烈な暴風により、石と木の欠片《かけら》で視界が悪化。まさか……直撃⁉

「む！」

突如――回転しながら、レティシア様は槍を無造作に振るわれた。

全方向から殺到してくる嵐の如《ごと》き光属性初期魔法『光神弾《こうじんだん》』を消失させる。

光弾が止まらない中、地面から鋭い氷柱《つらら》が出現。氷霧も生まれていく。

「――甘い」

レティシア様は先端に片足のつま先だけで立ち、迎撃を続行。

アレン様の魔力は……駄目。私じゃ探知出来ない。信じられない静謐性《せいひつせい》だ。

「「……っ」」「……す、凄《すご》いです……」

ティナとリィネさんは言葉を喪い、エリーが手を握り締める。

レティシア様の後方に立ち込めている霧の中から黒い影。

「そこかっ！　――む」

鋭い槍の横薙《よこな》ぎに両断されたのは――漆黒の獅子《しし》。魔法生物！

更に数頭が襲い掛かり、光弾の嵐が死角を狙い撃つ。

「小癪《こしゃく》っ！」

空間に翠閃《すいせん》。獅子、そして氷柱と光弾が分解されていく。

――地面を蹴る音。

氷霧を突き破りアレン様が、着地されたレティシア様目掛け、突撃！

「きたかっ！　しかし、この程度で、ぬぅ！」「そうでしょう。ねっ！」

レティシア様の影から黒獅子《くろじし》が強襲。

左手の殴打《おうだ》で即座に粉砕されるも――魔杖と槍とがぶつかり、魔力光が飛び散る。

押し合いながら、レティシア様が楽し気に語られる。

「全ての竜巻は消せぬと即断し、介入数を限定。魔法の高速広範囲連射へ転換し、防御を強制。かつ！　我の影に魔法生物を潜ませるとはっ！　面白いっ！」

「っ！」

アレン様が距離を取られ、着地。魔杖を油断なく構えつつ、困った顔。

「少しは手加減を――ああ、本当に今のが『小手調べ』なんですね？」

「うむ！　肩慣らしには良かろう？」

御二人のやり取りに、私達だけでなく見守っている人々が絶句。

今の短い攻防、間違いなく神業だ。

エルフの英雄様が左手を掲げられた。ティナ、エリー、リィネさんが驚く。

「……翡翠色の」「か、風を纏《まと》われて？」「『雷神化』に似ている……」

エルフの英雄様の身体を淡い翡翠の風が覆っていく。

――異名『翠風《すいふう》』の由来？

掲げられていた左手を握り締め、布告。

「少しばかり強くいく。【双天《そうてん》】の魔杖に込められし魔力を用いねば……死ぬるぞ？」

「……出来れば使いたくないんですが。僕には過ぎたる物なので」

「ふふ……これを見ても同じ台詞《せりふ》が吐けるか――言うてみよっ！」

叫びと共に、風が一つに集まり、形作られていく。

「「「っ!!」」」「へぇ《え》……初めて見たわ」「私もです～」

私達が言葉を喪う中、リディヤさんとリリーさんは興味深そうな声を漏らされた。

相対するアレン様は渋い顔。姿を現され、不敵な笑みの英雄様に零される。

「……もう少し油断していただけると有難《ありがた》いですね」

「主は知っておろう？　真に強き者は油断なぞせぬ」

レティシア様の頭上に、巨大で美しい魔法の竜が飛んでいる。

――ルブフェーラ公爵家が武力の象徴。風属性極致魔法『暴風竜』。

英雄様が槍を初めて両手で握られた。

「では……行くぞっ！！！！」

肌を震わせる程の裂帛《れっぱく》の気合を叫ばれると、『暴風竜』が急降下。

身体に吸い込まれていき──次の瞬間、レティシア様の姿が掻き消えた。

辛《かろ》うじて目で追えたのは翠《みどり》の残光。衝撃波が大樹へ続く大橋をも揺らしている。

けたたましい金属音。

「兄さんっ！」

カレンの叫びで慌てて視線を向けると──眩《まばゆ》い翠光《すいこう》を放つ槍《やり》の突きを、アレン様が雷を纏わせた魔杖で受け止められていた。その表情に余裕はない。

「我が『翠槍《すいそう》』をよくぞ止めた！【双天】に大分、絞られたようだのっ！」

「ええっ！　死ぬかと思いました、よっ！」

アレン様は槍を切り払い、炎属性初級魔法『炎神弾《えんじんだん》』を速射。

「その程度の魔法は効か──む！」

薙ぎ払《はら》われ、散った炎が氷蔦《ひょうちょう》へと変化。槍へと絡《から》みつき行動を阻害。

更に、レティシア様の足下から、次々と木の根が生まれ、両手両足を拘束した。

「おぉ⁉」「いきますっ！」

距離を取られたアレン様は魔杖を大きく振られ、レティシア様を囲むように氷属性上級魔法『閃迅氷槍《せんじんひょうそう》』を瞬間多重発動。これは躱《かわ》せないっ！

「ふんっ！！！！」

襲い掛かる氷槍《ひょうそう》に対し、レティシア様の纏われる風が激しさを増した。

氷蔦と根、氷槍も次々と切り裂かれ、消えていく。

全てを叩《たた》き落とし黒布が靡《なび》く古い槍を回転させ、レティシア様が賛嘆。

「見事な魔法制御！　属性偽装を見たのは百年ぶりぞ！　アレン、西方に来ぬか！」

「申し訳ありませんが」

魔杖の光が収まっていく。魔力が尽きたのだ。以降は手持ち魔力のみ……。

アレン様が私達をちらっと見られ、レティシア様へ返答される。

「僕はあの子達の家庭教師です。たとえ――何《いず》れ、僕よりも遥《はる》か上空を飛ぶ子達であっても、今は僕が守り導く時だと信じます。お申し出には感謝を」

エルフの大英雄様は目を細められた。

「……良き心根よ。驕《おご》らず、教え子達の才に倦《う》まず、為《な》すべきことを見失わない。エリンとナタンは、汝《なんじ》を誇りに思っておるだろうの。……故に」

――ゾクリ。背筋に悪寒《おかん》。な、何？

「我も勇士に相応の得物と技を見せるとしようっ！！！！」

『っ！？！！』

――空間が歪《ゆが》み、漆黒の風が形となっていく。

ティナ達は手と手を取り合い、カレンも顔を曇らせる。

「あ、あれって……」「綺麗《きれい》です……」「漆黒の、槍……？」「…………」

黒風が収まった時――レティシア様の左手には禍々《まがまが》しくも美しい黒槍《こくそう》が握られていた。

纏《まと》われている風も黒翠《こくすい》へと変化。ぼんやりとした影のような翼を形成していく。

英雄様は二本の槍をそれぞれ回転させ、大きく広げられた。

アレン様へ、楽しそうに告げられる。

「――魔王戦争において、魔王本人から奪い取りし黒槍【揺蕩《たゆた》いし散月】ぞ。……ふふふ。これを顕現させたは、今より百年前、八翼の悪魔と相対して以来になるか……」

私達も会場の人々も声が出なかった。

魔王――血河《けつが》以西の広大な地を、一説では千年近く治めし魔族の王。その怪物の槍。

レティシア様が、地面に触れそうになるほどの前傾姿勢になられた。

「さぁ――魔杖の魔力もなく我が『黒翠槍《こくすいそう》』どう防ぐ？　見せてみよっ！」

石舞台がレティシア様の足によって踏み抜かれ――アレン様目掛け、疾走。

黒翠の尾を残すその姿は正に、夜空を駆ける彗星《すいせい》。

アレン様は次々と光弾を放ち、弾幕を張られるも——

「まず、一つっ！！！！！」

英雄様は悠々と突破し、超低空から左手の『黒翠槍』を神速で横薙ぎ。

「ぐっ！」

アレン様は両足に風魔法を発動。後退しつつ、魔杖《まじょう》で辛うじて受けられる。

「二つっ！！！！」

レティシア様は地面を蹴り飛ばし右手の槍を突き出され、アレン様を追撃。

「先生っ！」「アレン先生っ！」「兄様っ！」「兄さんっ！」「アレン様っ‼」

私達はただ悲鳴をあげることしか出来ない。

——一枚の小さな炎羽《えんば》と炎花が視界を掠《かす》めた。


「させない」「てぇぇい、ですぅぅ〜！」「⁉」

黒槍は割って入った短剣で受け流され、レティシア様に大剣が全力で叩きつけられる。

心理的な奇襲となり、さしもの英雄様も両公爵がいる付近にまで吹き飛ばされ、石壁に

激突。結界全体が揺らいだ。

少女の手から、砕けた短剣が零《こぼ》れ落ちた。

間一髪、危機を救われたアレン様が驚かれる。

「……リディヤ、リリーさん、何で……」

「……はぁ？　何よ？　もう忘れたわけ？」

リディヤさんは、アレン様の魔杖を持つ手を両手で包み込まれた。

「私はあんたの……アレンだけの『剣』。もう二度と……二度と、その誓約を破るつもりはないわ。魔力減衰？　そんなの理由にもならない」

「「「「…………っ」」」」

覚悟の差を見せつけられた私達は、一様に唇を噛《か》み締める。

リディヤさん以外で、唯一人躊躇《ちゅうちょ》なく飛び込んだリリーさんが大剣を地面に突きさし、アレン様へ悪戯《いたずら》が成功した子供みたいな笑み。

「うふふ♪　私は……メイドさん兼護衛なので★」

「？　どういう……ああ。護衛対象は最初からずっと『僕』だった、と」

戸惑いつつも、アレン様がリリーさんに苦笑い。

そこに感じ取れたのは——絶対的な信頼。胸がズキリ、と痛んだ。

石壁を吹き飛ばしレティシア様が跳躍、回転しながら帰還され、口角を上げ喜悦。

「良《よ》い、良いぞっ！　こうではなくてはっ‼　さぁ……我をもっと満足させよっ!!!」

「——リディヤ」

「ん」

アレン様が左手を振られると、虚空《こくう》から魔剣『篝狐《こうこ》』が顕現。

リディヤさんは、それを躊躇《ためら》いなく即座に引き抜かれた。

此処《ここ》に——『剣姫《けんき》』と『剣姫の頭脳』が並び立つ。

「うふふ～♪　私も、頑張っちゃいますぅ～☆」

リリーさんが大剣を引き抜かれ一閃《いっせん》。無数の炎花。ティナ達も凝視する。

胸中を猛烈な感情が荒れ狂った。光の魔力が瞬《また》く。

……悔しい。悔しいっ。悔しいっ！　どうして、私は飛び出せなかったのっ‼

私は、アレン様を『守る』と誓ったのにっ！

魔法を使えないのは、リディヤさんだって同じなのにっ！

瞬間――今まで以上に、強く、強く、強く自覚した。羽根を胸に押し付ける。

私はあの御方の隣に立つだけじゃなく……守れるようになりたいんだ。


今はまだ無理だ。私には資格がない。覚悟も足りていなかった。

でも……でもっ！


「……ステラ、大丈夫？　魔力が漏れているわよ？」

カレンが私を心配そうに覗《のぞ》き込んでくる。

王都、空色屋根のカフェでアレン様にこう言われた。

『全て一人でやろう、なんて考えなくていいんです』

ほんの少し目を閉じ、気持ちを落ち着かせ、魔力を抑える。親友を鼓舞。

「――……カレン、私達、もっともっと強くなりましょう。一緒に！」

「――ええ」

私達は決意を新たにし、舞台上の三人を見つめた。

ここからが――……本当の戦いだ。

＊

「――で？　打開策は？」

リディヤがますます戦意を滾《たぎ》らせているレティ様を見やりながら、軽口を叩いてきた。

――膨大な魔力の奔流。未《いま》だ英雄様は本気を出していない。

「残念ながら……元気な、自称メイドさんを盾代わりにして突撃するくらいだね」

「ならないですぅ～！　あと、私はメイドさん、メイドさんですぅ～‼」

リリーさんが僕とリディヤの間に割って入り、頰を膨らました。

――五年前、南都を冒険している際、散々見た顔。軽く額を指で押す。

「頼りにしているって、ことですよ」

「――……えへ♪」

「はい、終了っ！　……御主人様の前でいい度胸ね？」

リディヤがリリーさんを押しのけ、僕へ子供っぽいジト目。

追い込まれているんだけどなぁ……負ける気がしない！

魔杖を回転させ魔法を紡《つむ》いでいく。

レティ様が槍を交差された。

「そろそろ良いかの？　次は——これぞ！！！！」

黒翠の魔風が結集。『暴風竜』が四頭同時に顕現。

魔法式も次々と変容。序盤の上級魔法は、僕の魔法介入を見る為《ため》の布石だったか。

リリーさんは小さな花弁を集結させ、炎花の『盾』を形成していく。

英雄様が目を細められる。

「……珍しき魔法よ。魔女とウェインライトの血が大分濃く出ているようだの」

美しい紅髪を靡《なび》かせ、リリーさんは前髪の花飾りに触れ、大人びた口調で返答した。

「夢を諦めるか迷っていた、私の背中を押してくれた——意地悪な年下の男の子に教えてもらったんです」

「……む。ねぇ？」

リディヤが文句を言おうとし————僕の右手を見つめた。

「「——！」」

直後、指輪が紅光を発し三方へ分かれる——リナリアの魔法式⁉

目の前にいるリディヤ。僕達を見つめているティナ。

そして――観客席の幼女。

「『♪』」

僕とリディヤ、リリーさんは呟《つぶや》いた。

「アトラと」「お義母様《かあさま》？」「……優しいお声……」

母さんの膝に座ったアトラと、母さんが二人で歌っていた。

幼女の長い紫髪とリボンが淡い光を放ち、拡散していく。

――父さんの思い出話。エリンは一族の詠《うた》い手だったんだよ。

「この魔力は……」「！」

空を見上げると――数百の蒼翠《そうすい》グリフォンが旋回していた。

リディヤが肩を合わせてくる。

「……歌っているわね」「……そうだね」「見てください！」

神話じみた光景に誰しもが唖然《あぜん》としていると、リリーさんが叫び、大樹を指差した。

――リナリアが『世界樹』と呼んでいた存在は神々《こうごう》しい光を放っている。

レティ様が目を見開かれた。

「……世界樹が大精霊の想《おも》いに応えた、だと……？」

「『～～～♪』」『――♪』

アトラと母さん、そして蒼翠グリフォン達の歌声が合わさり――光が降り注ぎ、リディヤとティナへと吸い込まれていく。

指輪から、【双天】の意思が流れ込む。

『貴方《あなた》は『鍵』なんでしょう？　頑張りなさい』

……お節介な魔女様だ。でも、感謝を。

「アレン」「うん」

リディヤが左手を伸ばしてきた。強く握り締め――魔力を繋《つな》ぐ。

今までよりも、遥《はる》かに存在を明確に感じる。歌声が止《や》み、静寂が全てを支配。

次の瞬間――

大広場に汚れなき純白の炎羽が舞い踊った。

『！』

何度目か分からない、どよめき。

「――……ふふ。挨拶してくるわ♪」

僕の手を離した不敵なリディヤが、レティ様へ向けて突進！

背にあるは、白炎の美しい天使の如《ごと》き八翼。着物と相まって――誰よりも美しい。

「！　その姿はっ！」「やぁぁぁぁ！！！！！！！」

レティ様は四頭の『暴風竜』で迎撃を試みられるも、リディヤが魔剣を上段から一閃。

黒翠《こくすい》の竜を消滅させ更に加速し、神速の斬撃《ざんげき》を英雄様へ放った。

「ぐっ！！！！」

両手の槍《やり》で受けるも支えきれず、レティ様は石壁に激突。瓦礫《がれき》に埋もれる。

ルブフェーラ公や、旧『流星旅団』の将兵達が驚愕《きょうがく》。

「お、御祖母様《おばあさま》が奇襲ではない、真正面からの攻撃で後退させられた？」「副長が押し負けるなんて、何時《いつ》以来だ？」「……王都へ出兵した百年前以来じゃないか？」気になる言葉もあるけれど、今は捨て置こう。

完全復活どころか、一段と魔力を底上げした紅髪の公女殿下は、お澄まし顔。

「――……起きたみたいね。ふ～ん、『必ず助ける』なんて言ったんだぁ？」

リディヤの右手の甲には『炎麟《えんりん》』の紋章が鮮やかに浮かび上がっている。

多少の意思疎通は出来るようになったようだ。

今まで出来なかったのは……魔杖《まじょう》と魔剣を確認。魔力が若干回復している。

「リディヤ」

「んー？」

少女の名前を呼び、たった今、理解したことを口にする。

「君の魔力が減衰していたのは、『炎麟』の回復と定着に必要だった為。そして、魔剣と……僕が使う魔杖を維持するのにも喰《く》われていたからだ。つまり」

──魔力を繋ぎ過ぎた弊害。僕との間の回路が固定化されつつある。

リディヤの魔力を、僕は今まで以上に好き勝手に使えてしまう。

そんなこと、あってはならないのに……顔が自然と歪《ゆが》み、視界が曇った。

「……バカね……ほんと……バカ……」

目の前の少女が僕を白翼ごと優しく抱きしめてきた。

「……嬉《うれ》しいわ。だって……あんたを、今までよりも、ずっとずっとずっと！　近くに感じられるもの……これで、私はもっと強くなれる……」

白炎羽《はくえんば》が眩《まばゆ》い光を放つ。

「私達は一人じゃ、ただ強いだけよ。でも！」

リディヤが大輪の花のような笑みを浮かべ、僕の頬を指でなぞった。

「二人なら無敵だわ。今までも──これからも！　ね？　そうでしょう？」

僕は袖で涙を拭い、無理矢理笑う。

「…………うん、そうだね。そうだった！　それじゃ」「ええ」

白翼の覆いが解《ほど》かれると同時に、飛ばされた石壁の欠片《かけら》が飛来。

「お任せですぅ～♪」

リリーさんが大剣で防御。黒翠の風を濃くされながら、レティ様が再び帰還。

僕を見て、凄《すご》みのある笑みを浮かべられた。

「まさか大精霊がここまで人を助けようとはっ！　アレン、お主こそ、団長と今は亡《な》き戦友達が待ち望んでいた者なのかもしれぬ――最後の勝負としよう」

「はい！　――その前に一点だけ」

「？　なんじゃ？」

レティ様へ問いかけながら、僕は魔法を紡ぎ始めた。

「四英海《しえいかい》上の小島の遺跡。その最奥《さいおう》にて僕は『彼』が遺《のこ》した魔法に助けられたんです」

僕はレティ様を真っすぐ見つめた。

「どうか教えてください。彼の――『流星』の墓所は何処《どこ》にあるんですか？」

「…………問うて、何とする？」

「大樹の実を供えに。父の教えなので、死者との約束は守ります」

「……………そうか。好物だったからの」

双槍《そうそう》をゆっくり上げられ、影翼が広がっていく。

『流星』と『三日月』は血河《けつが》から帰ってこなかった。西都の墓に……遺体はない」

「そうですか。なら、何《いず》れ血河を越え、魔族と交渉してみます」

「……………」「わぁ～」『！？！！』

リディヤが呆《あき》れ顔《がお》になり、リリーさんはにやつき、人々もざわつく。

「……本気か？　唯一度《ただいちど》、過去の残影に助けられただけで、そこまで……？」

「『約束を守る』とは、そういうことでしょう？」

「……………くっくっくっくっ。本当に、お主という奴《やつ》は…………」

レティ様が俯《うつむ》き、面白そうに笑われ――左手の黒槍《こくそう》を握りつぶされた。

「「!?」」

黒翠風《こくすいふう》が吹《ふ》き荒《すさ》び変容。

空が夜のように暗くなり、数えきれない光り輝く異形の槍が顕現していく。

瞬《またた》いているのは……星か？　込められている魔力は極致魔法を遥かに超えている！

生ける英雄様は自ら持つ古い槍の穂先にも黒翠風を集束。犬歯を見せてきた。

「ルブフェーラが裏秘伝――【星槍《せいそう》】。我は今より百年前、これで八翼の悪魔を打倒し王宮地下に封じた。死力を尽くせ！！！！　逃げても嗤《わら》いはせぬ」

「――ですって、リリー？」「リディヤ御嬢様《おじょうさま》は病み上がりですしぃ～★」

「「……うふふ」」

二人の少女の間に冷たい火花が散り、黒交じりの炎羽と黒炎花を相殺《そうさい》し合う。

前方から、少しだけ辛《つら》そうな独白。

「……懐《なつ》かしき……けれど、忘れようもない輝かしくも短き日々。私にも、私達にもそのような時代があった。ただ、自らの全てを懸けて守るべき存在がいた時が…………。なれど、なれどっ、『剣姫』の娘達よっ！　守るべき相手を守れぬ事態になった時……どうしようもない選択を迫られた時、お主達はいったいどうするのだっ！！！！」

「そんなの決まっているわ」「決まってますぅ～★」

「「相手を斬って、燃やして、斬るっ！　細かい話はアレン任せっ‼」」

レティ様は呆《ほう》けられ――大笑される。

「フッハッハッハッ‼　そうかっ！　そうかっ‼　……私もあの時そうしていれば。最後の最後まで彼と彼女と共に――いや、過去は戻らぬ。だがっ！」

空気が緊迫感を帯び、虚空《こくう》に浮かぶ『星槍』の穂先が渦を巻き始めた。

美しい翡翠《ひすい》の瞳の奥には——凄《すさ》まじく強い意志の煌《きら》めき。レティ様が咆哮《ほうこう》される。

「独り生き残ったからこそ、能《あた》うこともあるっ!!!! 改めて名乗るとしよう」

『星槍』が動きを止め、右手の槍の穂先も黒翠光を放つ。

「魔王戦争を、その死を以《もっ》て終わらせし大英雄『流星』が右腕にして、魔王に一太刀を浴びせた魔剣士『三日月』の友——『彗星《すいせい》』レティシア・ルブフェーラだ」

「リディヤ・リンスターよ」「リリー・リンスターです」

「狼《おおかみ》族ナタンとエリンの息子、アレンです」

「「「「いざっ!!!!」」」」

叫ぶと同時に、頭上の『星槍』が僕達目掛けて解き放たれた。

黒翠の尾を引きつつ降り注ぐ。

石材を切り裂き、余波だけで結界が弾《はじ》け飛ぶ。

リディヤは魔剣を両手持ちにし、剣身を背に返し魔力を集中。

「あんたは魔法っ！　リリー、時間を稼いでっ‼」「はいっ！」

年上メイドさんは最前方へ。炎の花弁を矢継ぎ早に生み出し重ね合わせ——リナリアの簡易魔法式を初めて採用した試製三属性『花紅影楯《かこうえいじゅん》』を発動！

花を象《かたど》った炎の楯《たて》で槍を迎撃し、突破されると大剣を叩《たた》きつけ、力任せに弾く。

黒翠風が刃となって襲い掛かり、服の袖やスカートを切り裂き、肌からは血しぶき。

治癒魔法をかけようにも、紡《つむ》いでいる魔法は精緻の極み。気を抜けば……暴発する。

その間も『星槍』はリリーさんに殺到。たまりかね、叫ぶ。

「リリーさん、もう十分ですっ！　退いて」「嫌ですっ！」

即座に断固とした否定。

左手を真横に突き出し、紅髪が濃く染まっていく。

「私はメイドさんです。メイドさんは——御主人様を守るんですっ‼‼」

左手に炎を纏《まと》った大剣が出現。もう一振り⁉

「メイドさんはぁぁ！！！！　度胸ですっ！！！！！」

炎花が勢いを増し、双大剣を振るい防ぎ続け、叫ぶ。

「リディヤちゃんっ！」「よくやったわっ！　リリー！！！」

『剣姫』は従姉《いとこ》を称賛し白翼を羽ばたかせ、レティシア様へ閃駆《せんく》。

白炎を纏った『紅剣《くけん》』と英雄様が握った左手の『星槍』が激突！


「はぁぁぁぁぁ！！！！！！！」「ぬううううう！！！！！！！！」


白炎羽と黒翠風がぶつかり合い、結界と石舞台に大きな亀裂。

「ぐぬっ！！！！」

レティ様が顔を歪め『星槍』に罅《ひび》が走り——砕ける。

「今よっ！！！！」「アレンさんっ！！！！！」

リディヤとリリーさんが僕の名前を呼び、射線上から回避。

魔杖『銀華《ぎんか》』を、そっと突き出す。英雄様が驚愕に目を見開いた。

「！　そ、その魔法はっ⁉」「いきます！」

僕は紡ぎ終えた『剣翼持つ荊棘《けいきょく》の大炎蛇《だいえんじゃ》』を解き放つ！

信じ難《がた》いことに、迎撃に動いた『星槍』全てが荊棘に捕捉され、炎上。

放った僕自身もが戦慄する。完成に程遠い魔法式でこれかっ！

大広場全体が剣の如《ごと》き荊棘の燎原《りょうげん》と化し、大穴が穿《うが》たれていく。

「まだ、まだっ、まだだっっっ！！！！！！！！！」

レティ様が右手の槍《やり》に全魔力を注ぎ込まれ『大炎蛇』を振るわれた。

石舞台が耐え切れず崩壊し、外周部では両公爵と学校長、各西方族長達が魔力に物を言わせ、次から次へと炎上していく結界を展開。必死に押し止める。

リナリアの指輪が煌めき、

──突然、目の前の光景が一変した。

三日月が輝き、彗星が尾を引き、流星降る丘に佇《たたず》んでいるのは、狼族の青年と少女。

短い銀白髪の人族は腰に曲剣を提げている。ティナ達と同じくらいの歳《とし》のようだ。

大きな軍旗がたなびいている。野戦陣地らしい。

印は──『流星』。

少女が短剣を腰に差した青年に怒りをぶつけ、離れていく。

『……アレン』『大丈夫だよ、レティ。きっと分かってくれるさ』

この声……四英海の遺跡で聞いた。つまりこれは、レティ様の記憶？

青年は長い髪を指で弄《いじ》っているレティ様へニヤリ。

『そう言えば、聞いたかい？　最近、僕は『流星』と呼ばれているらしいよ？』

『……それがどうかしたか？』

『ん～僕が『流星』なら、レティは『彗星』かなって、さ』

『……む、何だ？　私がしぶとい、とでも言いたいのかっ⁉　お前は』

『違うよ。流星はすぐに消えるけど、彗星は戻ってくるだろ？』

『……回りくどいっ！　早く言えっ‼』

レティ様が拗《す》ねる。『流星』は微笑《ほほえ》み告げた。

『狼族のアレンは、レティシア・ルブフェーラになら想《おも》いを託せるってことさ。……この戦で、万が一僕が死んだら――』


光景が石舞台に戻る。

槍と『大炎蛇』が拮抗《きっこう》。炎と風とが鬩《せめ》ぎ合う。

暴発しそうになる魔法を必死に制御。押し戻されそうになるのを必死に堪《こら》える。

「くぅぅぅぅ！！！！」「ぐっ！！！！！」

……が、炎は槍自体をも、少しずつ、少しずつ傷つけていく。

レティ様が槍に結ばれた黒布へ視線を落とし、次いで僕を見た。

そこにあるのは、慈愛と歓喜。

「――……真《まこと》、見事よ」

拮抗が崩れ、魔法が炸裂《さくれつ》！！！！

「「っ！」」

猛火と炎刃が煌めき、視界が緋と白に染まっていく。

僕とリディヤ、リリーさんは全力で魔法障壁と耐炎結界を発動し、防御。

――……やがて、炎が止《や》んだ。

目を開けると大広場は燎原と化していた。大橋も一部炎上中。

もしかして、やり過ぎた、かも……？

魔剣を鞘《さや》へ収め、リディヤは僕の左腕に抱き着いてきた。

リリーさんも双大剣を地面へと突き刺し、僕の右腕に抱き着く。

「言い訳はないわよね？」「『模擬戦』っていう言葉、知ってますかぁ？」

「ぐぅ……」「「うふふ～♪」」

少女達は楽しそうに、僕の頰を指で突《つつ》いてくる。

——突風が吹き、視界が開けた。

レティ様は多少服がボロボロになっているものの、無事だった。

「まったくっ！　危うく死にかけたぞっ‼　少しは年上を労《いたわ》らぬかっ！！」

「す、すみません……」「そうよ、謝りなさい！」「ですです～」

謝る僕をリディヤとリリーさんが詰《なじ》る。ぐぐぐ……。

そんな僕にレティ様は苦笑され、古い槍を天高く掲げられた。

「我の負けだ——……この場に集まりし全ての者に告げる！！！！！」

人々の視線が集中。

「我が名において——狼族のアレンの『流星』称号継承を認める！！！！」

『——おおおおおおおおお！！！！！！！！！！！！』

地鳴りのような歓声。そこかしこで獣人族の人々が抱き合っている。

レティ様が左手を上げられた。歓声が、ピタリ、と止《や》む。

「次に――……この地に集いし我が古き戦友達よ、聞けぃっ！！！！！！！！」

『流星旅団』の将兵達が一斉に立ち上がり、背筋を伸ばす。

「皆、己《おの》が眼《め》でしっかと見たな？　『流星』の継承は、今、此処《ここ》に為《な》された。我等《ら》があの日より……忘れもせぬ血河《けつが》で彼と別れしあの日より……生き残るべき者を助けられなかった悔恨と、先に逝《い》った戦友の想いを胸に刻み、歯を食い縛りながらも、今日まで生き永らえてきたことには……意味があった。確かにっ！　意味があったのだっ！　故に……だ」

英雄様は槍に結ばれていた黒布を取られた。

身体《からだ》を震わせ、今にも泣き出しそうな戦友達へ微笑みかける。

「皆、胸を張ろうぞっ！　我等は…………我等、は…………私は」

途中から声が小さくなっていく。

黒布を胸へ押し付け……万感の想いを吐き出される。

「彼と戦友達に託されし最後の任を……『我等の想いを託すに値する者を見つける』ことを……ようやく、ようやく……二百年かけて、果たし終えたのだ………」

歴戦の古強者《ふるつわもの》達は涙を堪えきれず、嗚咽《おえつ》を零《こぼ》し、啜《すす》り泣く。

『流星』の故事を知る獣人達ももらい泣き。

ティナ達と母さんも涙を零し、アトラが歌っている。

英雄様が涙を拭われ、無理矢理笑顔になられた。

「……馬鹿者共が。泣くでない。祝いの場に涙は不要。ただ美味《うま》い物を喰《く》らい、ただ美味い酒を飲み、笑い、天に届く程に歌え！　――我等の団長ならば、そうするであろう？」

将兵達も涙を拭い、泣き笑い。……良かった、のかな？

リディヤが左肩に頭を乗せてきて、囁《ささや》く。「……良かったに決まってるでしょぉ？」

英雄様が快哉《かいさい》を叫ばれた。

「今宵《こよい》は、新しき英雄の誕生を盛大に祝おうではないか。かつて……彼や彼女と、飽くことなく語り合い、夜が明けるまでそうしたように！」

『……応っ！　応っっっ!!　応っっっっっ！！！！！』

歓声が東都全体を揺るがしていく。今晩は大変そうだな。

僕は駆けてくる教え子と妹の姿を見ながら、この後のことを想うのだった。

＊

「はっはっはっ！　負けた、負けたぞっ！　アレン。リサ、エリン！　この男《おのこ》、ルブフェーラにくれぬか？　西方最優の者を嫁として選び抜こうぞっ！」

そう言って、僕の目の前に座った上機嫌なレティ様は、グラスになみなみと注《つ》がれた北方産の蒸留酒を飲み干した。

既に数本の瓶が空になっている。……これも伝承通りか。

「ア、アレン先生。も、もう一度ですっ！」

答える間もなく、エリーが僕に治癒魔法を複数発動。

傷は全て癒《いや》してもらったのだけれど、一生懸命な天使様を無下には出来ない。

——魔力灯《まりょくとう》に照らされている夜の大広場では、たくさんの人達が宴《うたげ》を楽しんでいた。

一部の獣人達は酔っぱらい大声で歌を歌い始め、東都の人族、西方から来援した各種族が喝采を送り、北方の軍楽隊が音楽を奏《かな》でている。良《よ》い光景だ。

リディヤを横に座らせ、母さんとお喋《しゃべ》りをしていたリサさんが警告。

「……レティ、その話をするのなら、次は私と御母様が相手をするけれど？」

「『緋天《ひてん》』と『血塗《ちまみ》れ姫』が相手か。そ、それは死ぬるなっ！」

英雄様が顔を引き攣《つ》らせた隙に、着物姿の公女殿下が視線で要求してくる。

『早く助けなさいよっ！』

僕は頭を振り、救援を拒否。リサさんだって、娘と話したいこともあるだろう。

持ち込まれたソファーにちょこんと座り、リリーさんやリンスターのメイドさん達から全力で甘やかされているアトラを眺めていると、母さんがふんわり、と返答した。

「息子の将来は、息子に任せているので～」

「……そうか。エリン、リサ、飲もうぞっ！」

「はい♪」「ええ」

……公爵夫人と先々代公爵とお酒を酌《く》み交わす。母さんは凄《すご》いや。

テーブルを挟み、議論中のティナとリィネは議論中。

「リィネ、私達はまだまだのまだです」「ええ。エリー、貴女《あなた》も一緒に話しませんか？」

「は、はひっ！　ア、アレン先生、異常ありません！」

エリーが頭を下げて走っていく。この子達はこれからだ。

ティナ達の傍《そば》で、話しているカレンとステラも厳しい表情。

「……頑張らないとね」「追いつきましょう。一緒に」

年長の二人も必ず飛躍するだろう。ただ、ステラの体調不良はどうにかしないと。

アトラに尋ねてみて――鋭い女性の声が耳朶《じだ》を打った。

「失礼するよ」

四人の『流星旅団』分団長様方がやって来られた。しかめっ面《つら》だ。

リサさんが指示を出された。

「リリー」

「皆、人払いを～」『はい！』

年上メイドさんの結界とメイドさん達の静音魔法を張り巡らせていく。

背中に透明な翼を持ち、花帽子を被《かぶ》られている半妖精――『花賢《かけん》』チセ・グレンビシー様は、空中から僕へ眼光鋭い視線を向けられた。

「大精霊に愛された者の『流星』継承に異論はない。若いのは叱っておく。だがね……」

ドワーフの『魔将殺し』レイグ・ファウベル様が胡坐《あぐら》をかかれた。

「俺達は、そこの狼《おおかみ》の嬢ちゃんにこう言われた」

巨人族の『山投げ』ドルムル・ガング様が灰髭《はいひげ》をしごかれる。

「『私の兄を救出してほしい』と」

竜人族《りゅうじん》の英傑『大戦士』イーゴン・イオ様が尻尾で地面を打ちながら、重々しく宣告。

「が、貴殿は自力で脱出した――……我等、未《いま》だ『古き誓約』を果たせず」

チセ様が叫ばれる。

「願いを言いな！　私達は全力でそれを叶《かな》える。亡《な》き団長の名に懸けて誓うよっ！」

レティ様も参戦してくる。

「――先日言ったように我がルブフェーラもな。レオも承認済みぞ」

ワルター様には、ギルの処遇の件をさっき相談させてもらった。

……『少しゆっくりするように。が、娘達はまだやらぬっ！』と凄まれたけど。

諸々《もろもろ》の調査要望書は学校長へ。王立学校の再開は少し時間がかかるみたいだ。

なので、僕個人の願いは特段ない。リチャードに、痛っ。

「…………」

抜け出してきたリディヤに左腕を抓《つね》られた。逃げきれない、か。

「では、御言葉に甘えまして――カレン、リィネ」

「兄さん？」「兄様？」

不思議そうな表情をし、カレンとリィネが僕の近くへやって来た。

立ち上がり、淡々と故事を話す。

「かつて、ドワーフ族と巨人族はエルフ族と共に、リンスターの至宝である炎剣《えんけん》『真朱《しんしゅ》』を打った、と聞いています。貴方様方《あなたさまがた》への依頼は二つ。カレン、短剣をレイグ様へ」

「はい」

「……ふむ」「団長の愛剣か……」

老ドワーフと老巨人が目を細めた。端的に乞う。

「願いの一つ目は――再鍛錬です。切れ味を取り戻していただきたく」

「⁉ に、兄さんっ！」「これが僕の願いなんだよ。次に、リィネ」

「兄様、リィネは別に欲しい物なんて……」

軍帽の上から頭をぽん。健気《けなげ》な赤髪公女殿下は沈黙した。

「願いの二つ目は、炎の短剣を一振り。最低でも『真朱』と同等の品を」

二人の老英雄は口元に愉悦の笑いを零し、頭を下げてこられた。

「……承った！」「必ずや、成し遂げてみせようぞ！」

「楽しみにしています。――エリー」

「は、はひっ！」

頬を紅潮させたリィネをリディヤの隣に座らせ、チセ様へ視線。

「設営の際の植物魔法、感動しました。この子にその真髄を御教授いただきたく」

「ひぅ⁉ ア、アレン先生、わ、私……し、植物魔法使えません……」

確かに『まだ』使えない。でも――……チセ様が目を細められる。

「植物魔法発動には全属性の使用が必要。世界樹の加護なしで使える者も稀《まれ》だよ？ 獣人族でも王都と東都でしかまともに使えやしない」

「僕の教え子を甘く見てもらっては困ります――ですよね？　エリー」

驚いているエリーは目をパチクリさせた後、深々とチセ様に頭を下げた。

「わ、私、が、頑張りますっ！　よろしくお願いしますっ‼」

大魔法士様は僕を睨《にら》み、花帽子を深く被り直される。

「ふんっ。私は甘くないからねっ！」

――伝承通りならば『すこぶる上機嫌』。

次いで僕はイーゴン様へ、質問した。

「竜人族には『託宣者』という、『花竜《かりゅう》』から様々な知恵を託される巫女《みこ》がいると読んだのですが……本当でしょうか？」

厳《いか》めしい英雄様の表情が少し驚きを湛《たた》えた。

「……よく学んでいる。事実だ」

「では、願いを一つ。『光属性が溢《あふ》れ出る魔力増加の治療法を』と」

ステラは慌てふためき、激しく白光が飛んだ。

「ア、アレン様っ⁉」「お節介なのは自覚していますので、悪《あ》しからず」

光を消し反論を封じる。聖女様は両袖を握って不満そうに唸《うな》り、頬を染めた。

「………う～」

老英傑は、そんなステラを見て微《かす》かに表情を崩される。

「――速やかに、報告することを約束しよう」

これで四つ。

あと一つは――レティ様が胸を張られた。

「ふっふっふっ……我の番だな！　ほれ、言うてみよ？　【星槍《せいそう》】か？」

「結構です。到底使えるとは思えませんし……それに」

――あの技は、『流星のアレン』が、貴女の為《ため》だけに考案した技でしょう？

『翠風《すいふう》』様は僕の表情で察し、少女のようにはにかまれた。

「ほれ、言うてみよ。自分を優先しても良いのだぞ？」

「では……そうします」

事の次第では……覚悟を決め、緊張しながら問う。

「忌《い》み子が『悪魔』に堕《お》ちかけ戻った場合、再発の可能性はあるのでしょうか？」

『っっっ！』

皆が息を呑《の》んだ。

リディヤは両手を胸に押し付け今にも泣き出しそうな顔になっている。

かつて『忌み子』と呼ばれたという英雄様の静かな言葉。

「……お主にとって、それが……たったそれだけの問いの答えが……『願い』と？」

「不躾《ぶしつけ》な問いだと理解しています。ですが……どうか、教えてくださいませんか？」

みんなが固唾《かたず》を呑む中で、レティ様は満天の星を見つめられた。

「……この二百年余りの中で、私の知る限り『忌み子』は二十数名生まれた。内、堕ちかけ戻ってきた者は二人。私と『三日月』のみよ。『剣姫』も含めれば三名となるな」

――もう一人の副官も堕ちかけた⁉

レティ様は御自身の胸を数度叩《たた》かれる。

「そして――……問いの答えは我となろう。一度戻った忌み子は、『闇』を覗《のぞ》き込んでおる。あれを二度体験するのは無理だ。命が保てぬ。何より……お主がいよう？」

心に安堵《あんど》が満ちていく。

息を吐いたのは、僕かリディヤか……それともリサ様だったのか。

「有難《ありがと》うございます。だってさ――リディヤ？」

背中に温《ぬく》もり。僕だけに聞こえる告白。

「………バカ。バカバカ。アレンの大バカ………もう絶対、離れないんだからね？」

出来れば、大精霊についても教えてほしいのだけれど、その前に——

「リリーさん、リディヤを。結界の強化をお願いします」

「はい～♪」

年上メイドさんへリディヤを託し、一人しょげている薄蒼《あお》髪の公女殿下の元へ。

前髪は折れ、今にも泣きそうだ。

「ティナ、手を。先程、大樹から魔力を受け取りましたよね？　その意味を教えます」

「せんせぃ……？」

小さな少女と手を繋《つな》ぎ——……魔法を発動。

水・風・光・闇が交ざり合い、音を立てて地面を凍結させていく。

『っ！？！！！』

ざわつく中、僕は片膝をついた。固まっている公女殿下姉妹に教える。

「ティナ、ステラ、貴女方《あなたがた》の御母上《おははうえ》である、ローザ様の御先祖様は凄い方でした。これが、本当の氷——『銀氷《ぎんひょう》』なんだと思います。魔杖の魔力を全て使いました。『鍵』を受け取ってください」

僕は手をゆっくり、と離した。

――ティナの小さな掌《てのひら》には、銀に輝く『氷』の結晶。

少女は『氷』を両手で心臓のあたりへ持っていった。清冽《せいれつ》な雪嵐が吹き荒れる。

ティナが潤んだ瞳で僕を見つめた。

「……先生の魔力を私の中に強く、強く感じます……」

右手の甲に『氷鶴《ひょうかく》』の紋章が浮かび上がり、明滅。

「大樹の魔力を分けてもらったことで、『氷鶴』の力が増したんでしょう。『銀氷』はその後押しです――ティナ、君の中に『氷鶴』がいることには確かな意味があります。一歩一歩、学んでいきましょう。君なら必ず出来ます。僕はそう信じていますから」

少女は瞳を大きく見開いた。

頰を染め大人びた表情になり、僕の名前を呼ぶ。

「――はい……はいっ！　アレン。ありがとう……貴方《あなた》はやっぱり、私の」

「残念。時間切れよ」

言い終える前に、真っ赤な目のリディヤが割り込んできた。ティナが抗議。

「っ！　リ、リディヤさん、ズルいですっ！　今は私の番ですっ！」

「あんたの番なんか来ないわよ。だって、ずっと私の番だもの」

「な、なぁ⁉　ふふ……ふふふ…………『大変だったから、少し優しくしなきゃ』と思って、妨害しないようにしていたのに……ならっ！　もうっ‼　容赦しませんっ‼」

「ふ～ん……容赦しなくていいのね？」

「っ！　そ、それと、これは話が……も、もうっ！　リディヤさんっ‼」

二人の掛け合いに全員が顔を見合わせ――笑い始めた。

アトラが歌い、母さんにハンカチで涙を拭われ、リサさんが笑み。

……うん、『願い』はこれで良かったんだな。

四人の族長様達へ頭を下げる。

「では、よろしくお願いします。この後、皆さんの武勇伝を聞かせてくださいますか？」

＊

翌朝、夜明け。

僕は普段通りの格好に着替え、玄関で靴紐《くつひも》を結んでいた。

宴会は夜更《よふ》けまで続いた為……家の中は静まり返り、外も暗い。

みんなには手紙を残してきた。問題は——廊下を歩く足音。名前を呼ばれた。

「……アレン、こんな早朝に何処《どこ》かへ行くの？」

「母さん？　ごめん。起こしちゃった？　でも……よく分かったね」

紐《ひも》を結び終え、謝る。寝間着にカーディガンを羽織った母さんが笑み。

「私は貴方のお母さんだもの～分かるわよぉ。ナタンは工房で作業をしているわ」

「……そっか」

父さんは宴会にも参加していなかった。事情を説明。

「偉い人に呼ばれたから王都へ行ってくるね。すぐ帰ってこられると思う」

「……アレン。貴方が凄《すご》いのは分かったわぁ。でも……でもね……」

快活な母さんの顔に憂い。……どうしよう。

悩んでいると、短い紅髪の少女が姿を現した。普段の剣士服姿だ。

「お義母様《かあさま》、私も一緒なのでご心配には及びません。安心なさってください」

リディヤが僕を詰《なじ》る。

「……一人で行こうとするんじゃないわよ。噛《か》むわよ？」

「……それについては謝るけど、後で絶対噛むんだろ？」

僕達が囁《ささや》き合っていると、母さんは得心した。

「よろしくねぇ。アレン、リディヤちゃんの言うことを聞かないと駄目よぉ？」

「なっ……か、母さん……」「はい♪」

抗議しようとするも、途中で口をつぐむ。皆を起こしてしまう。

「──リディヤ、貴女《あなた》も私に挨拶はないのかしら？　情報を教えたのは誰だと？」

「！　お、御母様⁉　ね、寝ていらしたのでは……」

カーディガンを羽織ったリサさんが起きてこられ、レティ様も顔を出される。

「アレン、此方《こちら》は任せておけ。戻った後は稽古をつけてやろうっ！」

「は、はは……後半部分は、き、聞かなかったことにしておきます」

僕は顔を引き攣《つ》らせ、リサさんに襟元を直された相方へ目配せ。二人で会釈《えしゃく》。

「行ってきます。母さん、父さんとティナ達をよろしく」「行ってきます」

「行ってらっしゃい～」「王都にはアンナ達がいる。頼りなさい」「気を付けて行け」

大樹前には学校長とチセ様が待っていた。

「……来たか。早朝にすまぬな」

「いえ。ただ、ジョン王太子殿下の緊急召喚状、とはどういうことなんでしょうか？」

──レティ様と戦う前、僕へ届いた機密文書の内容は簡潔だった。

『極秘で話し合いたい議あり。明朝、貴殿一人で来られたし。場所は――』

チセ様が顔を顰《しか》められる。

「転移させるのは問題ないがね……妙な話じゃないかい？」

「うむ。何の報もなく不可解ではあるが……無視も出来ぬ」

「取りあえず行ってみますよ。いきなり、命を狙われたりはしない――」

「アレンさ～ん、リディヤ御嬢様《おじょうさま》～♪　待ってください～。ひよいっとぉ～☆」

暗闇の中から年上メイドさんが現れ、目の前に着地。

背中には、ステラと寝ていた幼女が外套《がいとう》を羽織っている。

「……リリーさん」「……連れて行かないわよ」

「はい～☆　でもぉ～。アトラちゃんは連れて行った方が良《い》いと思うんですぅ～」

「♪」

地面に下りた幼女が獣耳と尻尾を動かすと、白い光が飛ぶ。ステラの魔力。

やっぱり、アトラはステラの魔力を吸収してくれているようだ。

出来れば、東都に残ってほしいんだけど……リディヤが屈《かが》んだ。

「いいわ、連れて行きましょう。ちゃんと、言うことを聞かないと駄目よ？」

「？　！」

「『アレンに抱っこされるの好き』、ですって⁉　こ、こいつは私のだって――」

リディヤは幼女に真剣にお小言を開始。……連れて行くしかない、か。

僕は転移魔法の発動を準備されている御二人へ、合図。

「……ああ」「任せておきな」

花の形をした魔法陣が僕とリディヤの足下に広がっていく。

リリーさんが僕の名前を呼んだ。

「アレンさん」「？　なんです――……」

「！　あっ！！！！　ちぃっ！」

アトラに構っていたリディヤの叫びと舌打ちを聞きながら、

――僕はリリーさんに抱き締められた。

温かさと柔らかさで思考が混乱。

右手首に銀の腕輪を嵌《は》められ、リディヤが炎花で妨害されているのが分かった。

至近にお姉さんの満足そうな顔。

細い指で腕輪に触れ、懐中時計を二つ渡してくる。

「私の魔力を込めた御守《おまも》り。花飾りの御返しです。時計はナタン様からです」

「あ、ありがとうございい、ます」

辛《かろ》うじて御礼《おれい》を言う。リリーさんは僕の表情を見て満足気。

「ドキドキしましたか？　心臓の音が速くなりましたよ？」

破壊音が聞こえ、炎花が消失した。

「リリーっ！！！！」

「む～速いですね～。ひょいっと～」

「「！」」

リディヤの手刀を年上メイドさんは回避。欄干の上に立つ。

「ゆくぞ」「いくよっ！」

学校長とチセ様の声。光が強くなっていきアトラが跳びはねる。

僕から懐中時計を受け取った従妹《いとこ》へ、リリーさんは片目を瞑《つぶ》り悪戯《いたずら》っ子の表情。

「――あと一つだけ」

太陽の光が差し込み、長く美しい紅髪と、左手首の腕輪が瞬《またた》く。

「お揃《そろ》いですね、アレンさん♪」

リディヤの顔が驚愕《きょうがく》に染まる。

「⁉ リ、リリー、貴女っ！　でも、べ、別に問題ないわ。すぐに斬って、燃やして」

「え～？　その腕輪、ナタン様が作られたんですよ？　壊すんですかぁ？　ふぅ～ん。時計の刻印、話しても？」

「～～～～っ！　リ、リリー‼‼‼‼‼‼」

「うふふ★　私はリディヤちゃんのお姉ちゃんなので、強いんです♪」

きっと、小さい頃もこうやって、この寂しがり屋な従妹を構っていたんだな。

スカートの両裾を摘まみ、リリー・リンスター公女殿下は優雅に挨拶された。

「アレンさん、お気をつけて。御嬢様達は任せてください。リディヤちゃんとアトラちゃんをよろしくお願いします」

その瞬間――僕達は光り輝く花に包み込まれた。

エピローグ

戦略転移魔法の光が収まり、僕はゆっくり目を開けた。

──朝靄《あさもや》の中、様々な花が咲き誇る内庭。

「♪」

アトラが獣耳と尻尾を嬉《うれ》しそうに動かしながら、駆け回る。

僕の隣に立つリディヤが口を開いた。

「うちの屋敷《やしき》みたいね、王都の」

「……そうだね」

屋敷内が騒がしい。残留したリンスター公爵家に仕えている人達だろう。

リディヤは、リリーさんの腕輪を親の仇《かたき》のように睨《にら》んだ後、

「──ん」

僕の両手を握り、額を合わせ目を瞑った。

……確かに用心は必要かもしれない。魔力を浅く繋《つな》げる。

目を開けたリディヤが不満気に唇を尖《とが》らせた。

「……あさくない？」

「これくらいだって」

「……ケチ」

リディヤが僕から手をゆっくりと離した。

「アトラ御嬢様♪　ぎゅー、でございます☆」「！　♪」「……メイド長、次は私に」

屋敷の近くで幼女がアンナさんに捕まり、副メイド長のロミーさんが眼鏡を直している。

出て来たメイドさん達も、席次持ちの人ばかりのようだ。……過剰戦力では？

柔らかい表情をされた栗茶《くりちゃ》髪の方が会釈をしてきたので、目礼。母さんに似ている。

曙光の下の美少女が微笑《ほほえ》む。

「私は用事があるの。先に行ってなさい。アトラもこっちの方が良いわね」

「懐中時計と『銀華《ぎんか》』も渡しておくよ。念には念だ」

「りょーかい」

アトラを捕獲し、アンナさんが近づいてきた。

幼女が腕の中で主張。

「！」

「アトラはリディヤを見ていておくれ。アンナさん、よろしくお願いします」

「♪」「お任せください、アレン様♪」

「……どういう意味よ」

「そのままの意味だよ。相手は王家。暴れるのは禁止だからね？」

「分かってるわよ。私を信じていないわけぇ⁉」

いきり立ち、リディヤが子供みたいに頰を膨らませる。

こういうところは出会った時から変わらぬ少女へ、僕は本音を零《こぼ》す。


「信じてるよ──多分、君自身よりも」


「⁉」「♪」「あらあら、まぁまぁ♪」「良い御言葉かと」

アトラが獣耳を動かし、アンナさんはニヤニヤ。ロミーさんは嬉しそうだ。

頰を真っ赤にし、口をぱくぱくさせていたリディヤが照れ隠しに殴ってくる。

「～～っ！　そ、そういうことを、他人がいる場で言うなぁぁ！！！！」

「痛い、痛いって！」

両手を掴《つか》むと流れるように甘噛《あまが》み。まったく、この『剣姫《けんき》』様はっ！

どうにか引き離し、挨拶。

「会談場所はガードナー侯爵家の別邸。リディヤ、アトラ、また後で」

＊

――本当に人生は色々な出来事が起こる。

ガードナー侯爵家別邸。その三階にある大会議室で一人片膝をつき、敵意に満ちた視線をぶつけられている僕は苦笑した。太った貴族の余裕のない怒号が轟《とどろ》く。

「こ、答えよ、『剣姫の頭脳』！　返答は如何《いか》に‼」

「……では、お答えします」

顔を上げ、玉座に腰かけているジョン・ウェインライト王太子殿下を見た。

背後では、王宮魔法士達と直属の護衛隊が第一級戦闘装備で厳戒態勢を敷いている。

――ジョン王太子からの召喚状は本物だった。

ただし、その目的は、話し合いではなく僕を拘束する為《ため》。

屋敷に入った途端、叛乱《はんらん》に参加しなかった守旧派貴族が多数いる大会議室に連れ込まれた、というわけだ。

王太子の背後に控える白髪の老人――王宮魔法士筆頭ゲルハルト・ガードナーの顔には何の感情も浮かんでいない。

「仰《おっしゃ》っている意味が理解出来ません。『此度《こたび》の件、不問に付してほしくば、全てを差し出せ。さすれば、相応の処遇を約束する』とは、具体的に何を？」

「し、しらばっくれるなっ！　お前が、ララノア共和国に不法侵入したこと、内々に抗議が来ているっ！　四英海《しえいかい》上の小島も突如消失したともなっ！　これは大問題だっ！　我が国は今、諸外国と争うわけにはいかぬっ！」

詰問《きつもん》役の太った貴族――中央政界に強い権力を持つ、ウコベリ子爵が机を叩《たた》いた。

都度、王太子の顔が強張《こわば》る。異母妹のシェリルに比べると、胆力が足りない。

……難癖つける人は出てくるだろうとは思ったけれど、動きが早過ぎる。

『国家、火急の折、国王陛下代理は王太子殿下であられる、ジョン様となる。シェリル王女殿下は東都へ向かわれた』

部屋に入った際、ガードナーが冷たい声で教えてくれた。

国王陛下、ハワード・リンスター・ルブフェーラの三大公爵殿下、そしてシェリルが王都にいない間の電撃的行動。権力争いの時だけ素早い貴族達には、心底うんざりする。

再度、子爵へ確認。

「……『全て』とは、具体的に何を？」

「しらばっくれるなっ！　貴様が四英海上のオルグレンが秘匿《ひとく》せし古代の遺跡から脱出したことは、既に調べがついているのだっ！　その地で手に入れた『炎魔《えんま》』の情報を渡せば、一切は不問とする。更なる処遇も考えなくもない。王太子殿下の寛大な心を受け」

「お断りします」

「⁉　な、ん、だと？」

断られると思っていなかったのか、ウコベリ子爵が愕然《がくぜん》とし、貴族達もざわめく。

……僕が受けると思っていたのか。

「お断りします。過ぎたる力と欲は身を滅ぼします。今は復興と、国内の不穏分子掃討が先決の筈《はず》。オルグレン老公の王国と王家への献身、無駄にするおつもりですか？」

——ギド・オルグレン老公は恐ろしい御方だった。

三人の息子達が国内外の勢力と結び、画策していた叛乱計画を察知した老公は、これを逆手にとり、聖霊教と結びついた東方守旧派の一掃を画策。

ジェラルドを支援していた情報が漏れたかのように、グラント公子《こうし》殿下に伝えさせ、拙速な叛乱を誘発。忠臣の方々と共に計画を完遂してみせたのだ。

苛烈。けれど……ギルの父親だけはある。

ウコベリ子爵が叫ぶ。

「叛乱者の言など、信ずるに能《あた》わずっ！　貴様は我等《ら》に全てを差し出せば良いっ！」

「差し出さない、と言ったら」

「ふ、不敬罪だ！！！！」

王宮魔法士達は魔法を紡《つむ》ぎ、王太子殿下の護衛官は剣の柄《つか》に手をかけている。

はぁ……まさかこんなことになるなんて。

僕は静かに名前を呼んだ。


「――……だってさ、リディヤ」


瞬間、天井に剣線が走り――崩落。大穴が空いた。

落下する残骸を防ごうとした護衛騎士達と王宮魔法士達に、真っ白な翼を羽ばたかせ、屋根から様子を覗《うかが》っていたリディヤが襲い掛かり、一蹴。僕の前へ。

手には魔剣と魔杖《まじょう》を持ち、背中には楽しそうな幼女のアトラ。

リディヤは僕に魔杖を渡しながら、破顔。

「で、何処《どこ》へ亡命する？　ララノア？　水都？」

『！？！！』

室内の人々が絶句。……気持ちは分かる。

『剣姫』リディヤ・リンスター公女殿下が王国を見限ると、発言したのだから。

「……そういう冗談を言わない」

「冗談じゃないもの。で？　どうするの？？　斬る？　燃やす？　それとも斬る？？」

心底楽しそうな公女殿下。右手の甲には『炎鱗《えんりん》』の紋章が煌《きら》めいている。

会議室全体に白い炎が巻き起こり、調度品やカーテンを炎上させていく。

肩を竦《すく》め、僕は王太子に向き直った。アトラの頭に手を置く。

「――ジョン王太子殿下。彼《か》の地で得た一片たりとも、いきなりこのようなことをされる方々には絶対にお渡し出来ません。僕は彼女と約束をしたんです。『この子を守る』と。二度と破るつもりはありません」

「…………」

青褪めた王太子は黙り込み、僕をじっと見つめられる。

そこにあるのは――……深い知性。

シェリルが以前語っていた王太子の印象を思い出す。

『ジョン兄上って……演技をされているような気がするのよね』

もしかして。

「――貴殿だけの問題ではないと考えるが。関わる者に咎《とが》が及ぶ、とは考えぬのか？」

初めてガードナーが口を挟んできた。

今までとまるで変わらない冷たい視線だ。……何となく安心してしまう。

苦笑し、僕はリディヤの左手を握り締めた。魔力の繋がりが深くなる。強い強い歓喜。

「仮にそんなことをなさったならば」

『！！！！！！』

炎羽《えんば》、氷華《ひょうか》、紫電、そして翠風《すいふう》が大会議室内に吹き荒れる。

『火焔鳥《かえんちょう》』『氷雪狼《ひせつろう》』『雷王虎』『暴風竜』――四大極致魔法が同時顕現。

「ひぃぃぃ！」

先程、僕を詰問していたウコベリ子爵が悲鳴をあげ、椅子から転げ落ちた。

他の貴族達も逃げ腰。

護衛騎士達と王宮魔法士達は、剣と長杖《ちょうじょう》を青褪《あおざ》めた表情で構えている。

「……面倒ね」

リディヤは魔剣を無造作に天井へ一閃《いっせん》。

残っていた屋根が悉《ことごと》く吹き飛び、炎を帯びた残骸が降り注ぐ。

「ば、馬鹿なっ！」「退避！　退避だっ」「お、王太子殿下を御守《おまも》りせよ」「火を消せ！」

「だ、駄目ですっ！　け、消せません」「水属性の上級魔法で消えないなんて……」混乱が惹起《じゃっき》され、僕等を捕らえるどころじゃない。

「殿下！」「急ぎ、退避を！」

兜《かぶと》を被《かぶ》った美形の女性護衛騎士と焦燥感を露《あら》わにしている男性王宮魔法士が、王太子へ訴える。

けれど、視線は僕に向けたままだ。

……やっぱり、この御方は。

「行くわよ」「！」

「あ、うん」

リディヤとアトラが離脱を促してくる。

石突きで床を突き、試製戦術転移魔法『黒猫遊歩』を準備。

アトラに浮遊魔法をかけ、リディヤの肩を抱く。

「……………ふぇ」

相方が変な声を出し、体温が急上昇。

ガードナー卿《きょう》へ勧告。

「この子達や、僕の家族に手を出したら、僕は王国と王家を絶対に許しません。そのことを忘れないでください。では──失礼します」

四大極致魔法を一斉解放。

『～～～～っ！！！！』

王太子とガードナー卿以外の人達の悲鳴を聞きながら、僕達は転移魔法式に包まれる。

──微《かす》かにジョン王太子殿下が頷《うなず》かれた。

「よっ、と」

僕はリディヤの体温を感じながら、近くの建物の屋根へ降り立った。

──侯爵家の屋敷《やしき》が盛大に燃えている。

「うわぁ……」

顔が引き攣《つ》り呻《うめ》いてしまう。頭を抱えたくなるも、

「清々したわっ！　最初からこうすれば良かったのよっ！」「！　‼　‼!」

魔剣を鞘《さや》へ見事な動作で収めた上機嫌なリディヤと、瞳を輝かせているアトラを見てしまうと、何も言えない。……うぅ。

魔杖を仕舞っていると——後方に慣れ親しんだ気配と知らない気配。

「アレン様、リディヤ御嬢様《おじょうさま》、アトラ御嬢様♪」「準備、整っております」

「アンナさん？」「アンナ、マーヤ、いい機よ」「！」

そこにいたのは、旅行鞄《かばん》を持ち、左肩に何故かアンコさんを乗せているリンスターのメイド長さん。そして、白の布帽子と外套《がいとう》を持った柔らかい印象のメイドさんだった。

アトラは興味津々《きょうみしんしん》な様子で、旅行鞄に腰かける。

「嗚呼《ああ》！　素晴らしき可愛《かわい》らしさでございます♪」

「御嬢様方、こちらを」

マーヤ、と呼ばれたメイドさんがリディヤとアトラに帽子を被せ、外套を羽織らせる。

「ありがとう、マーヤ」「♪」

僕は事態が吞《の》み込めず、おずおずと質問。

「え、えーっと……アンナさん、これはいったい……？」

突然、リディヤに右手を強く握り締められた。

「そんなの——決まっているじゃない。ほーら、飛ぶわよっ！」

「リ、リディヤ――うわっ！」

「行ってらっしゃいませ♪　後のことは不肖、アンナと」「マーヤにお任せください」

アンナさんとマーヤさんが、スカートの裾を摘まみ挨拶し、アンコさんが鳴く中、リディヤは左手で鞄を摑《つか》み――白翼を羽ばたかせ、急上昇した。

咄嗟《とっさ》に、アトラを僕の背中へ転移。風魔法でリディヤの飛翔《ひしょう》を支援。

黎明の空に、楽しそうな幼女の歌声が響く。

天使のような、美しい白翼を羽ばたかせ、リディヤはぐんぐん速度を上げる。

行《ゆ》き先は――王国南方。

「リディヤ……ティナ達にも報《しら》せ――」

「ないっ！　小難しいことは、全部、全部、大人達へ丸投げにするっ！」

もう少しで誕生日を迎える短い紅髪の少女は、空中で僕を抱きしめつつ心から幸せそうに笑った。

「当分は二人きりなんだからね？　今までの埋め合わせをしてもらうわっ！」

あとがき

四ヶ月ぶりの御挨拶、七野《ななの》りくです。
……字義通り死守しました。危なかった。
スケジュール管理は大事。本当に大事！　なお、原稿との戦いは引き続き（中略）。
今巻も例によって加筆しております。
九割五分まではいかないのではないかと……うん、大丈夫。まだ加筆。
十巻は少し減ると思います。きっと、多分、おそらくは。

内容について。
大外から恐ろしい速さで駆け上がってきました。
彼女、作中最も自由です。作者の意図、関係なく動き回ります。
前巻までの姿は余所《よそ》行き仕様。今巻の彼女が真の姿。
……九巻表紙を、自力で奪い取った時点で察していただきたく。
リディヤに対しても『お姉ちゃん』属性持ちなので、とてもとても手強《てごわ》く、アレンとも相性が良《い》いです。

人気投票で三位になったのは、伊達《だて》じゃ――……も、もしや、投票された読者様は、ここまで見越して（※作者的にはかなり意外でした）⁉

そんなメイドさんを目指す御嬢様《おじょうさま》を、今後ともよろしくお願いします。

宣伝です！

『辺境都市の育成者』三巻まで発売中です。こちら、公女世界の前日譚《たん》となっております。

同時に読むと、ニヤニヤ出来ると思いますので是非是非。

お世話になった方々へ謝辞を。

担当編集様、今巻もありがとうございました。それと、おめでとうございます！

ｃｕｒａ先生、毎巻毎巻、本当に素晴らしいです。新しいイラストを描いていただくべく、精進します。

ここまで読んで下さった全ての読者様にめいっぱいの感謝を。

また、お会い出来るのを楽しみにしています。次巻、お待たせしました。新婚旅行です。

七野りく

お便りはこちらまで

〒一〇二‐八一七七
ファンタジア文庫編集部気付
七野りく（様）宛
ｃｕｒａ（様）宛

富士見ファンタジア文庫

公女殿《こうじょでん》下《か》の家《か》庭《てい》教《きょう》師《し》9

英雄《えいゆう》の休息日《きゅうそくび》

令和3年7月20日　初版発行

著者——七野《ななの》りく

発行者——青柳昌行

発　行——株式会社KADOKAWA
〒102-8177
東京都千代田区富士見2-13-3
0570-002-301（ナビダイヤル）

印刷所——株式会社暁印刷

製本所——本間製本株式会社

ISBN978-4-04-074145-1 C0193

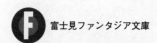

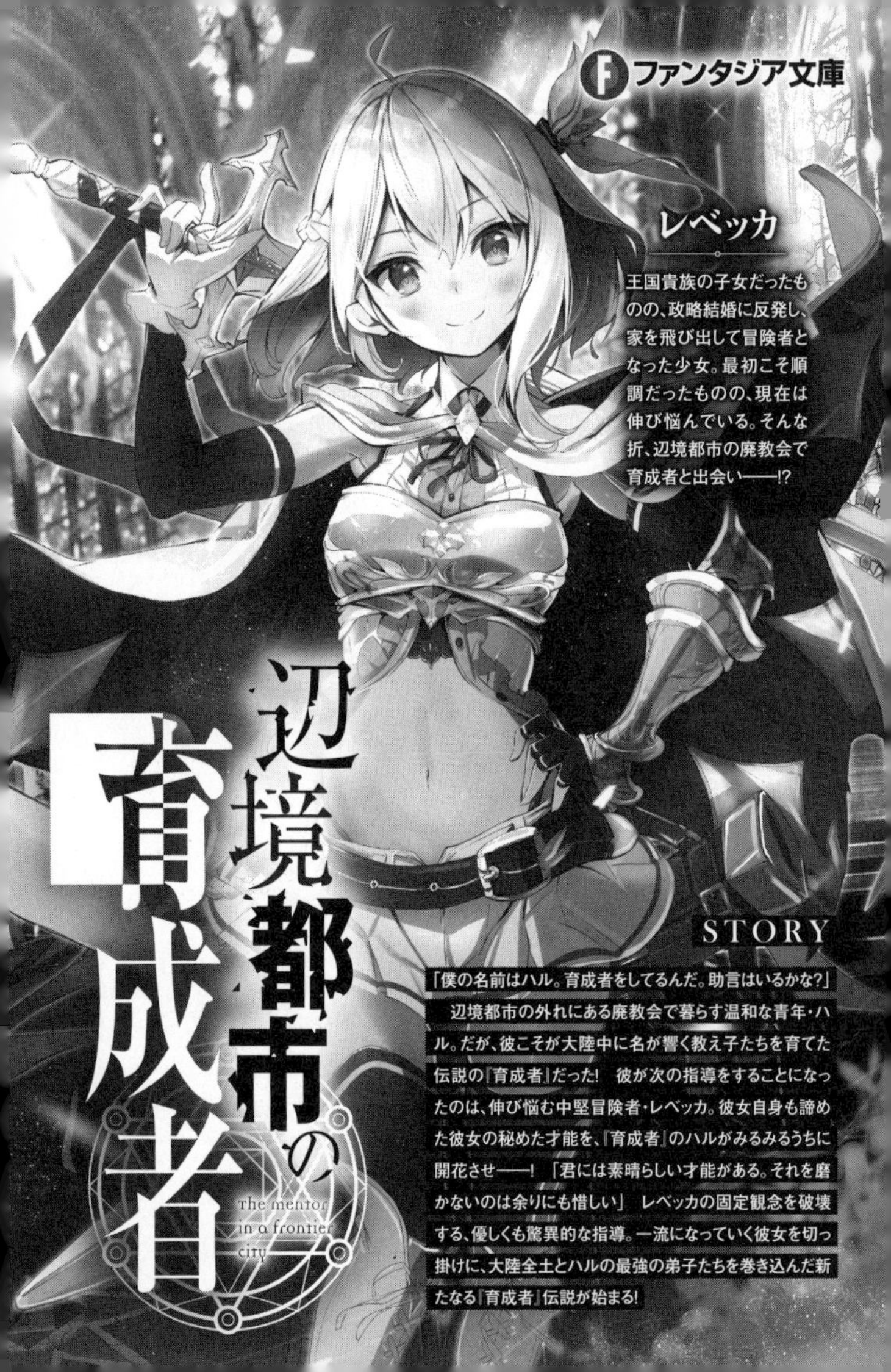

ファンタジア文庫

辺境都市の育成者

The mentor in a frontier city

レベッカ

王国貴族の子女だったものの、政略結婚に反発し、家を飛び出して冒険者となった少女。最初こそ順調だったものの、現在は伸び悩んでいる。そんな折、辺境都市の廃教会で育成者と出会い——!?

STORY

「僕の名前はハル。育成者をしてるんだ。助言はいるかな?」

　辺境都市の外れにある廃教会で暮らす温和な青年・ハル。だが、彼こそが大陸中に名が響く教え子たちを育てた伝説の『育成者』だった!　彼が次の指導をすることになったのは、伸び悩む中堅冒険者・レベッカ。彼女自身も諦めた彼女の秘めた才能を、『育成者』のハルがみるみるうちに開花させ——!「君には素晴らしい才能がある。それを磨かないのは余りにも惜しい」　レベッカの固定観念を破壊する、優しくも驚異的な指導。一流になっていく彼女を切っ掛けに、大陸全土とハルの最強の弟子たちを巻き込んだ新たなる『育成者』伝説が始まる!

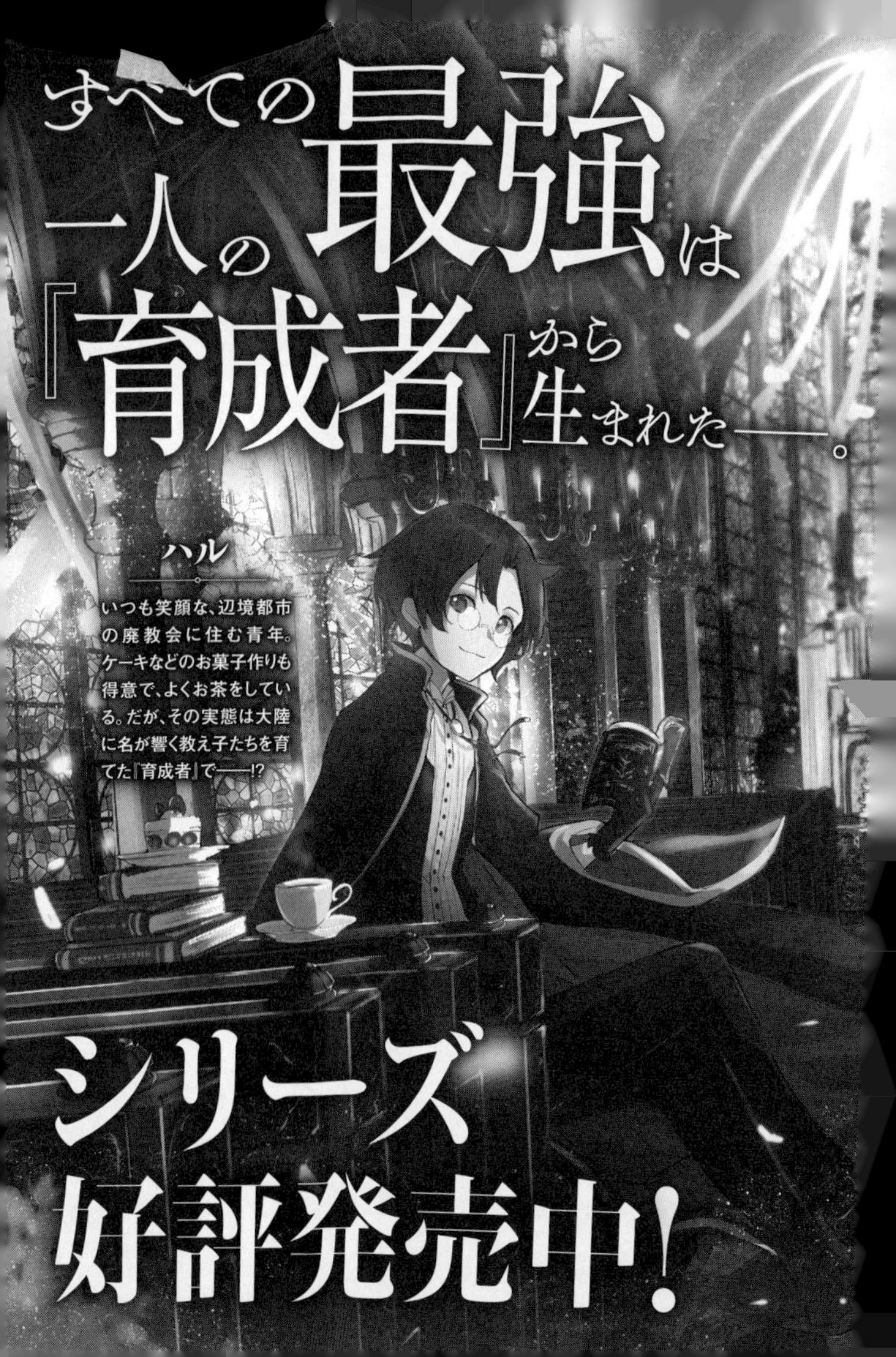
すべての最強は
一人の『育成者』から生まれた――。
ハル
いつも笑顔な、辺境都市の廃教会に住む青年。ケーキなどのお菓子作りも得意で、よくお茶をしている。だが、その実態は大陸に名が響く教え子たちを育てた『育成者』で――!?
シリーズ好評発売中!

切り拓け！キミだけの王道
ファンタジア大賞
原稿募集中！
賞金
《大賞》300万円
《金賞》50万円
《銀賞》30万円
選考委員
細音啓 「キミと僕の最後の戦場、あるいは世界が始まる聖戦」
橘公司 「デート・ア・ライブ」
羊太郎 「ロクでなし魔術講師と禁忌教典《アカシックレコード》」
ファンタジア文庫編集長
前期締切 8月末日
後期締切 2月末日